Bibliophiles et savants
du temps
jadis

Il est, parmi les gens de lettres, une caste d'individus qui, tout en ayant de nombreux rapports avec eux, ne vivent pas moins à part, ont des mœurs différentes, une religion particulière, ne se préoccupent guère que du passé, pensent peut-être quelquefois à l'avenir, mais font peu de cas du présent. Ils ont le culte du livre ancien, la passion du bouquin et aiment à s'entendre appeler bibliophiles, — les savants y confinent ; mais les gens de lettres. qui ne leur pardonnent pas leur amour trop exclusif du vieux livre, les poursuivent de leurs sarcasmes sans plus penser que bon nombre d'entre eux, s'ils ont une chance de passer à la postérité, ne le devront qu'à la bienveillante attention d'un vieux bibliophile des temps futurs, si tant est qu'il en reste, ce dont je doute. Ils ne savent quel nom leur donner; ils les appellent tantôt bibliomanes, bibliotaphes, tantôt bibliolathes, bibliopoles, sans compter les variétés créées par Quérard, les mêlent et les confondent quelquefois par bêtise, plus souvent par malveillance. Il n'est pas un *jeune de lettres* qui n'ait fait son bout d'article contre ces braves gens qui se contentent de hausser les épaules et de sourire en voyant les plus originaux de ces messieurs leur rabâcher des plaisanteries déjà usées en 1810 et auxquelles leur ignorance seule donne une seconde jeunesse. Pas un qui ne cite le passage de La Bruyère ou la fameuse épigramme de Pons de Verdun et pas un qui les cite exactement, les ayant ramassés — au petit bonheur — dans un Larousse quelconque. Et ce sont des railleries sans fin sur celui-ci et sur celui-là, surtout sur ceux qui s'encombrent de livres qu'ils n'ouvriront jamais — pour les lire. Je ne sais s'il y en a vraiment autant... ; dans tous les cas, leur nombre ne peut être plus grand que celui de nos jeunes écrivains pérorant à perte de vue sur des livres qu'eux aussi n'ont jamais lus — ni vus.

Pour se consoler de ces bibliophiles contempteurs des ouvrages modernes, nos jeunes auteurs se disent que dans cent ans, dans deux cents ans, on recherchera les livres de la fin du XIXe siècle !... Mais jeunes présomptueux, dans cent ans, dans deux cents ans, il y aura longtemps que l'humidité, le chlore, les vers auront eu raison du dernier bouquin publié en décembre 1899. Ecoutez M. de Sacy : « En dix ans le papier du livre moderne jaunit, se couvre de taches, tombe en poussière... »

M. de Sacy exagère évidemment, mais mettons que la chose arrive dans cinquante ans... et n'en parlons plus.

Certes, il est des extravagants parmi les bibliophiles, mais là encore il se commet bien des erreurs, et il serait peut-être injuste d'accabler M. Boulard, l'exécuteur testamentaire de la Harpe, célèbre pour avoir encombré sa maison d'une façon insolite de toute sorte de livres, achetés pêle-mêle, en tas, partout et toujours, sans discernement et sans autre plaisir que celui d'échanger son argent contre du papier noirci et inutile. Vous l'accusez surtout de ne les avoir pas lus ; qu'en savez-vous ? Le voyez-vous, le soir, rentré chez lui après une chasse fructueuse, feuilletant et parcourant ces pauvres livres qu'il a peut-être arrachés à la pluie, au soleil, à la poussière ; ce n'est donc rien ? et n'en eût-il sauvé qu'un seul d'une destruction certaine, que cela devrait lui mériter notre indulgence. Mais nous ne parlerons pas plus des bibliomanes que des bibliotaphes comme M. le comte de Labédoyère, entre autres ; il avait inventé l'art de coiffer les livres, c'est-à-dire de les emprisonner dans un carton qui ne laissait de visible que le dos, il ne les prêtait jamais et ne les communiquait même pas, ce dont nous ne pouvons le blâmer ; le sort des livres prêtés est connu, et donner un livre en communication, c'est s'assujettir à une surveillance ennuyeuse pour soi et pénible pour celui qui en est l'objet.

Le père Lefèvre, vieux bouquiniste qui se tenait sous l'arcade Colbert contre la Bibliothèque Impériale et que tous les bibliophiles ont bien connu, me dit un jour au sujet de renseignements que je cherchais :

— J'ai chez moi tout un dossier là-dessus et des plus curieux.

— Combien le vendez-vous ?

— Oh ! je ne le vends pas, il fait partie de ma bibliothèque particulière... (le père Lefèvre était un bouquiniste original).

— Et comme naturellement vous ne le prêtez pas, dis-je en souriant...

— Pour cela, non ; mais je puis vous en donner communication ; venez chez moi un matin, vous pourrez le consulter tout à votre aise et prendre des notes...

Je le remerciai en acceptant, et comme j'allais me retirer après avoir un peu bouquiné à travers son étalage, le père Lefèvre me dit : « Ne venez pas demain... ni plus tard ; non, j'ai réfléchi, cela ne se peut pas ; je ne veux point manquer à la parole que je me suis donnée... de ne plus rien communiquer à personne... après ce qui m'est arrivé — il n'y a pas longtemps. Ne m'en veuillez pas...»; et il me raconta qu'un membre de l'Institut était allé chez lui prendre copie de certains documents, que lui, Lefèvre, l'avait laissé seul pendant quelque temps et que le membre de l'Institut en avait profité pour arracher des pages... et les mettre dans sa poche. Ce n'était pas un voleur, c'était bien pis! c'était un particulier ami de ses aises et qui préférait copier tranquillement dans son cabinet les pièces dont il avait besoin, que d'aller deux ou trois jours de suite s'installer dans le galetas dudit Lefèvre. Le lendemain, pour se faire pardonner sa contre-invitation, le père Lefèvre m'apporta le dossier que je feuilletai sous l'arcade Colbert, le dos appuyé au mur de la Bibliothèque Impériale.

Nous ne parlerons pas davantage de ces enragés amateurs, MM. de Quatremère et consorts, qui détruisaient vingt exemplaires d'un vieux livre afin de se confectionner un exemplaire irréprochable ; je dis vingt..., ils en prenaient autant qu'ils en trouvaient et jusqu'à ce que leur but fût atteint, car c'est page par page qu'ils faisaient leur choix, et il y avait dix-neuf exemplaires (et plus) gâtés, perdus, retirés de la circulation et réduits à l'état de vieux papier.

Encore, restait-il un superbe exemplaire ! mais que dire des gredins, des scélérats, des bandits, des misérables, des coquins ténébreux... (épithètes trop douces en vérité, mais qui néanmoins ne me permettent plus de nommer quelqu'un) qui collectionnent les marques de libraires et arrachent le feuillet de titre... un assassinat! Et voyez où mon indignation m'a entraîné, à parler de misérables qui n'ont rien à faire ici puisque les seuls rapports qu'ils ont avec le livre se bornent à le déshonorer, à le mutiler, à en enlever les gravures, les culs-de-lampe, etc., — comme aussi les lettres ornées des manuscrits, ô sacrilège!... pour en faire des albums! Ce ne sont que des iconomanes, des iconolâtres! arrière, et place aux vrais bibliophiles.

***

N'allez pas croire que ce soient des êtres exemplaires, des parangons de vertu arrivés aussi près que possible de la perfection! oh! que nenni! ce sont des hommes sujets à toutes les faiblesses qui affligent principalement la gent écrivassière. La tendresse que je parais avoir pour eux — et elle vient sûrement de ce que je me crois un peu de la partie — ne m'aveugle nullement sur leurs imperfections, et leurs qualités ne sont pas si brillantes qu'elles ne laissent très bien apercevoir leurs défauts qui sont énormes, — si j'en juge par moi-même qui ne suis qu'un pauvre petit bibliophile.

Ils sont irritables, violents, égoïstes comme tous les passionnés, et malgré cela sont heureux souvent; eux seuls peuvent vraiment dire que le bonheur parfait n'est pas de ce monde ; sans cela, ils l'eussent atteint. Ce n'est pas, comme vous pourriez le croire, le bibliophile célibataire qui est le plus heureux, mais bien le bibliophile marié, dûment en puissance de femme. Les jouissances de ce dernier sont innombrables, sans parler de celles que lui procurent les trouvailles, découvertes, échanges, etc., toutes choses inhérentes à son état de bibliophile; il lui faut encore se cacher de sa femme et lui faire de petits mensonges variés qui sont gros comme des maisons.

— Qu'est-ce encore que ce bouquin-là ?

— Oh ! une vraie trouvaille, ma chère; il vaut 50 francs comme un sou; j'ai vu vendre le pareil l'année dernière 67 francs à la salle des Bons-Enfants — et je lui préfère mon exemplaire.

— Et toi, combien l'as-tu payé ?

— Tu ne devinerais jamais... je l'ai payé 50 centimes sur le quai des Grands-Augustins, la septième boîte à partir du Pont-Neuf..., c'est moins fréquenté que le quai Voltaire.

— Hum, tu as souvent de la chance !...

— Ah ! par exemple ! c'est-à-dire que je n'en ai jamais, c'est par extraordinaire; un qui fait des trouvailles, c'est X...; il a acheté à l'Hôtel des Ventes pour 200 francs un *Horace* qu'il revendra 500 francs quand il voudra... (*soupirant*) ah ! si je pouvais mettre un peu d'argent dans mes acquisitions... je ferais aussi des coups...

Une autre fois, il revient d'une vente du soir où

il s'est emballé et rapporte une vingtaine de volumes divisés en deux piles, soigneusement attachées par des courroies qu'il a toujours sur lui — en cas de bonheur; il est dix heures, et il arrive à la maison, laissant prudemment ses bouquins sur le palier, contre la porte de son appartement dans lequel il entre d'un air dégagé.

— Tu n'as rien acheté, lui dit sa femme ?

— Ma foi non, il y avait bien tel et tel livre, mais il faut être raisonnable, et ils se sont vendus un peu cher.

— Cela ne t'ennuie pas de passer toute la soirée à regarder vendre des livres sans en acheter ?

— Non, c'est toujours amusant, puis cela tient au courant des prix..., et tout guilleret, frémissant de plaisir à l'idée de se trouver seul avec ses nouvelles conquêtes, le traître s'échappe et court à son cabinet non sans avoir doucement ouvert la porte et pris les livres qu'il introduit subrepticement dans sa bibliothèque. Quand celle-ci déborde, il se borne à répondre à sa femme qui ne cesse de répéter : — Mon Dieu, que de livres ! que de livres ! et tu dis que tu n'en achètes plus.

— Mais, tu le sais bien, ce sont toujours mes anciens; seulement ce qui te trompe, c'est que j'ai adopté un autre classement qui tient plus de place, c'est vrai, mais me rend bien des services.

Il sait que sa femme n'en croit pas un mot, mais cela ne fait rien, le tout est d'éloigner pour l'instant l'orage qui semblait proche ; ou bien, il lui dit : — Tiens, écoute cette allocution de M. de Sacy, un sage celui-là : « Ménagères, qui avez le bonheur de posséder un mari bibliophile, au lieu de faire une figure refrognée lorsque vous voyez arriver un nouveau paquet de livres et que la bibliothèque envahit peu à peu tout l'appartement, réjouissez-vous donc ! c'est la fortune de vos enfants qui augmente. Les robes de vos filles et les cigares de vos fils, pour ne parler que des cigares, vous coûtent plus cher et il n'en reste rien... Puis, point de jalousie, point de tracasserie, la femme du bibliophile est nécessairement la maîtresse de la maison, pourvu qu'elle sache s'arrêter au seuil du cabinet. »

De son côté, sa femme l'interpelle de temps à autre : — Tu ne me dis rien de mon chapeau neuf, comment le trouves-tu ?

— Je le trouve cocasse...

— Mon Dieu, que les hommes ont donc peu de goût... et tu crois qu'il est neuf ?

— Dame, tu me dis mon chapeau neuf...

— Oui, et tu ne vois pas que c'est celui d'il y a trois ans que j'avais déjà donné à retaper l'année dernière et qui va me faire encore cette année ; je n'ai eu qu'à changer la passe et le bavolet et à y mettre des épis, on en porte beaucoup aujourd'hui. Ah ! si je n'avais pas cette économie...

Le bibliophile n'est pas la dupe de cette histoire ; il sait bien qu'il n'a jamais vu ce chapeau-là, c'est comme si on voulait lui faire prendre un Plantin pour un Elzévier ! Mais il est content parce que ce petit mensonge innocente les siens et que, dans tous les cas, le jour de la bataille venu, il ne se trouvera pas entièrement désarmé en face de son adversaire.

La chevauchée
des
bibliophiles

Et sans plus bavarder à la porte, permettez-moi de vous présenter le bibliophile Jacob : M. Paul Lacroix.

Quand j'ai connu le bibliophile Jacob, il avait cinquante ans, il était bien pris dans sa personne et soigné dans sa toilette ; c'était un lettré, un érudit, un homme du monde, charmant causeur au fin sourire, indulgent aux jeunes, les accueillant, les aidant de ses conseils et de son savoir qui était grand ; leur indiquant les sources, plus préoccupé de leur être utile que de se réserver et garder pour soi le fruit de ses recherches. Comme bibliophile pur... Ah ! dame, il laissait un peu à désirer ; les doctrinaires de la partie lui reprochaient d'être léger, ce qui est un gros défaut pour un bibliophile ; puis, je l'ai dit, il était spirituel, mondain, et avait sur la conscience un tas de romans historiques dans lesquels il arrangeait ou plutôt dérangeait l'histoire à la façon d'Alexandre Dumas dont il avait été du reste le collaborateur, — de gros péchés, comme on voit. Il travaillait à trop de choses à la fois, toujours hâtivement, se fiant sur sa facilité, sa mémoire, économisant sur le contrôle et tombant dans des erreurs étonnantes... qu'on lui reprochait durement, car les bibliophiles, gens indulgents d'ordinaire, sont d'une sévérité excessive les uns envers les autres. Puis, Paul Lacroix n'avait pas que des amis; il aimait la lutte et était toujours à ferrailler avec quelque collègue.

Je dis ferrailler... et c'est le mot. Dans sa fameuse querelle avec M. Naudet, l'administrateur de la Bibliothèque Royale, au sujet de réformes à introduire dans l'administration de cet établissement, et que Paul Lacroix ne cessa de poursuivre, comme M. Naudet l'accusait de manquer de convenance et de ménagement, Paul Lacroix argue de ce qu'il sent vivement et lui débite des fariboles. Il lui raconte l'histoire d'un gascon, bon vivant et joyeux compagnon, à qui on reprochait néanmoins de toujours tuer son homme dans ses duels : — Que voulez-vous, je me fends trop! répondait-il; et Paul Lacroix conclut : — Je tâcherai de me fendre moins à l'avenir, mais il ajoute aussitôt : — M. Naudet a-t-il moins de griffes, parce qu'il est plus fourré! Il lui reproche d'avoir attaqué son « honorable » ami M. Libri (*Lettres à M. Libri au sujet de quel-*

ques passages de sa lettre à M. de Falloux), car c'est encore une des erreurs de M. Paul Lacroix d'avoir cru — contre toute évidence — à l'innocence du sieur Libri qui n'était pas un voleur vulgaire, mais qui était un voleur, et c'est vraiment amusant de lui voir reprocher à M. Naudet de ne pas être reconnaissant à M. Libri d'avoir fait rentrer à la Bibliothèque Royale une dizaine de volumes qui étaient passés en Angleterre.

C'était pour mieux la dévorer, mon enfant!

Puis, pour faire voir à M. Naudet — et au ministre aussi, je pense — combien il administre mal le dépôt confié à ses soins, il s'engage, sans figure de rhétorique, à lui remettre successivement, non pas dix, non pas vingt, non pas quarante, mais cent et deux cents volumes qui ont disparu de la Bibliothèque et que lui fourniront sans peine ses recherches de bibliophile. Il fait en outre appel à toutes les personnes qui ont découvert et découvriront des livres portant l'estampille de la Bibliothèque. Et Paul Lacroix, pendant quelque temps, publia par livraisons, sous ce titre : *Les Cent et une lettres bibliographiques à M. l'administrateur de la Bibliothèque nationale;* à chacune des lettres qu'il lui adresse, il joint toujours un ouvrage qu'il dit avoir trouvé tantôt *le 6 juillet vers 3 heures et demie de l'après-midi, sur le quai Malaquais, à gauche du pont des Saints-Pères*, tantôt *sur le quai Voltaire dans la septième boîte;* certains libraires honnêtes lui en envoient; il lui en vient même de la province.

Naudet est accablé ; il se défend comme il peut, mais Paul Lacroix a pour lui la galerie; il est infatigable, c'est la guerre au couteau; il engage son ennemi à aller à Londres pour y apprendre de M. Panizzy ce que c'est qu'un bibliothécaire et une bibliothèque. Il manifeste l'espoir qu'un jour viendra où la Bibliothèque aura enfin une administration, un catalogue et un public dignes d'elle. Au fond, M. Paul Lacroix ne souhaitait qu'une chose pensant qu'elle entraînerait toutes les autres après elle, c'était de succéder à M. Naudet, ce qui n'arriva pas; Naudet vaincu abandonna la partie, mais ce fut Taschereau qui eut la place. Comme fiche de consolation, on donna à Paul Lacroix la Bibliothèque de l'Arsenal où il eut toujours l'air d'être en exil.

S'il avait été dur pour Naudet, il rencontra son maître dans son affaire avec Génin, à qui du reste il ne répondit pas, estimant avec raison que lorsqu'on a tort il est sage de garder le silence. Ce Génin était un érudit spirituel, mordant, ami des choses franches et nettes; mais toujours malade, il était souvent de mauvaise humeur, avait la dent dure, et malheur à qui lui donnait prise. Il écrivait jadis au *National* où il fit une vigoureuse campagne contre le clergé, et ce fut lui qui signala le vol de Courchamp, un plagiat qui fit grand bruit à l'époque; je le rappelle en quelques lignes. La

Presse avait annoncé la publication des *Mémoires de Cagliostro*, mémoires inédits et dont un M. de Courchamp s'était fait l'éditeur ; ils débutaient par un épisode intitulé le *Val funeste*... ; malheureusement pour le voleur, M. Génin, qui connaissait cet ouvrage, déclara dans le *National* que le *Vol funeste* (le mot eut du succès) n'était que la reproduction textuelle d'un ouvrage intitulé : *Dix journées de la vie d'Alphonse Van Worder*, par le comte Potoki.

Dujarrier, qui déjà n'avait pas de chance, et M. de Courchamp qui ne manquait pas d'aplomb, intentèrent un procès en diffamation au *National*, lequel prétendait avoir aussi le manuscrit du *Val funeste*.

Peu troublé, le *National* s'arrangea de façon à publier la suite du roman de la *Presse*, de telle sorte que les deux journaux parurent le même jour avec le même feuilleton. Dujarrier, désabusé, se retourna contre de Courchamp et lui fit un procès qu'il gagna nécessairement. Ce de Courchamp était, croit-on, car son identité n'a jamais été bien établie, un nommé Causen, ancien valet de chambre de la marquise de Créqui dont il publia les *Souvenirs* qui furent reconnus faux comme tout ce qui venait de ce particulier. A la suite du *Vol funeste*, il disparut du monde, et peu d'années après mourut de chagrin — dirent les âmes sensibles... et le bibliophile Jacob qui a des tendresses pour ce voleur ; il l'appelle le spirituel et imprudent auteur des *Souvenirs de Mme la marquise de Créqui*. — *Imprudent* pour impudent, n'est pas mal comme euphémisme...; il faut convenir que Paul Lacroix n'avait pas la main heureuse, tout à l'heure c'était Libri dont il célébrait l'honorabilité et maintenant c'est ce coquin qu'il semble excuser... Il est vrai qu'aujourd'hui de Courchamp passe simplement pour un mystificateur. — J'ai vu le mot imprimé dans une *petite revue*.

Eh bien, l'attendrissement de Paul Lacroix sur de Courchamp venait simplement de l'antipathie que lui, Lacroix, avait contre Génin, et ayant à raconter ce plagiat un an après la mort de ce dernier, il ne prononce même pas son nom... Or, ne pas parler de Génin lié d'une façon si étroite à cet incident est chose déjà singulière, mais il fait plus, et dit que la révélation de ce *vol au roman* fut due à un écrivain caustique et ingénieux qui a toujours écrit sous le pseudonyme de Stahl...

J'ignore la cause première de cette animosité entre ces deux bibliophiles, mais pour revenir au coup de massue de Génin, il avait eu lieu en 1856 à l'occasion d'une édition de F. Villon que Paul Lacroix venait de publier dans la *Bibliothèque elzévirienne*, édition faite à la hâte et qui n'ajoutait rien de nouveau à l'édition de l'abbé Prompsault. Après avoir discuté de nombreux passages, F. Génin arrive à lui reprocher son goût pour l'obscène, et il le montre aimant à se couvrir d'une respectable autorité, celle de Pierre Dufour (?) : « A chaque instant il nous renvoie à l'*Histoire de la prostitution* de ce Pierre Dufour, un livre immonde où le nom de l'histoire sert de prétexte à l'étalage de toutes les ordures lubriques que le compilateur a pu ramasser, entasser dans 7 volumes in-8°, un livre ignoble à vendre sous le manteau dans les anciennes galeries de bois ; un livre, dis-je, si sale et si honteux que l'auteur lui-même en rougit et n'a pas osé le signer de son vrai nom (car Pierre Dufour est un pseudonyme). Etait-ce à un littérateur comme M. Paul Lacroix à se faire le patron et le courtier d'une publication aussi basse, et devait-il profiter de ce qu'il avait en main un travail sérieux sur Villon, pour recommander à ses lecteurs un livre plus digne de l'attention de la police que de celle des honnêtes gens !... je le dis tout net, c'est déshonorer sa plume que de la faire servir à de pareils emplois. »

Cette exécution eut lieu dans l'*Athenæum français*, et l'horrible de la chose c'est que Paul Lacroix et Pierre Dufour n'étaient qu'une seule et même personne !...

Comme je l'ai dit, P. Lacroix ne souffla mot et se vengea sur le *Maître Pierre Patelin*, la dernière publication de F. Génin ; cette édition, dit-il, est l'*exegi monumentum* de la critique hargneuse de Génin ; puis il parle de *son assurance qui ne l'aban-*

donne jamais quand il se fourvoie, — de *son érudition de contrebande — fine fleur de pédanterie — notes verbeuses*, etc.

Quant au *Patelin*, Paul Lacroix avait tort, et la meilleure édition de *la Farce de Maître Patelin* est celle de F. Génin ; — on ne saurait en dire autant du *Villon* de Paul Lacroix.

Une autre fois, M. A. T. Barbier, neveu du célèbre bibliographe et bibliographe lui-même, fait une découverte... ; cela arrive fréquemment en bibliographie et c'est un des charmes de cette science si décriée de nos jours. — Isarn... vous savez bien qui ? non... eh ! Isarn, l'auteur du *Louis d'or* petit livre adressé à Mlle de Scudéry, n'est autre que Gilles Ménage ; Isarn et Ménage ne font qu'un, il fournit ses preuves. Arrive Paul Lacroix à qui il est impossible de laisser passer sans une réponse, sans une protestation immédiate l'inexplicable assertion de M. A. T. Barbier ; il l'appelle bibliophile passionné, obstiné feuilleteur de livres ; il le montre poursuivant son Isarn pendant dix mois entiers, inébranlable dans ses convictions préconçues, repoussant, rejetant dédaigneusement tout ce qui pourrait détruire son rêve favori. Le bibliophile Jacob est en gaité, il plaisante ; pourquoi s'arrêter à ce pauvre Isarn auteur reconnu, incontesté du *Louis d'or*, pourquoi lui enlever son joli petit livre et lui arracher ses lauriers de poète et de bel esprit, etc. Il fournit aussi ses preuves qui paraissent plus probantes que celles de M. A. T. Barbier à qui il recommande l'opinion contradictoire de son illustre parent, l'auteur du *Dictionnaire des anonymes*, qui, non seulement était un excellent bibliographe, — mais encore un écrivain profondément versé dans l'histoire littéraire.

Attrape, Barbier, mon ami! voilà pour la première passe d'armes; la seconde est assez curieuse : Barbier est tellement en colère qu'il court chez un huissier et le charge de transmettre sa réponse à Paul Lacroix, avec sommation d'avoir à insérer la pièce suivante :

AU BIBLIOPHILE JACOB

Sur sa longue plaidoirie en faveur d'Isarn, transformé par lui en chamois et plus honnêtement en Isarn par Sarazin, comme Ménage nous l'apprend lui-même dans le manuscrit de Conrart, en 1653 et non 1650.

Vous prétendez qu'Isarn vive,
Trois ans avant que d'être né;
Plus malicieux que l'abbé Rive,
Vous seul l'avez imaginé.
Autrement que Ménage habile,
Vous feriez parler un lapin,
Et plus sorcier que Thrasile,
Sans y perdre votre latin.

Déclarant que faute de satisfaire à la présente sommation, le requérant se pourvoira, etc.

Là-dessus, le bibliophile Jacob qui a la partie

belle, donne encore quelques preuves et ricane sur le procédé de son confrère à qui il fait remarquer que *malicieux* a quatre syllabes et *sorcier* deux; puis il s'excuse de ne pas continuer le débat en raison de l'amitié et de l'estime qu'il a pour M. Barbier à qui il ne veut pas enlever un rêve agréable.

En cette affaire, Paul Lacroix avait évidemment raison; mais nous arrivons à une période douloureuse de sa carrière de bibliophile, son étoile ne l'éclaire plus, et il tombe dans les erreurs les plus étranges. La maison Hachette commençait sa publication des *Grands écrivains* de la France, sous la direction de M. A. Regnier, membre de l'Institut. Pour une raison ou pour une autre, ou peut-être sans autre raison que le plaisir de prendre en défaut de savants confrères, ce qui est bien suffisant comme raison, le bibliophile Jacob s'amuse à suivre d'un œil complaisant mais jaloux cette publication, tout en assurant qu'il ne travaille que pour elle, et il recueille des pièces qu'on a oubliées ou négligées... que peut-être même on ne connaît pas..., et il se fait un plaisir de les indiquer à son *savant confrère*, etc. Mais lorsqu'on s'est donné la mission d'écheniller ses voisins, de leur montrer combien ils sont ignorants, de leur apprendre plus de choses qu'ils ne veulent en savoir, il faut être très sûr de soi-même et ne pas toujours croire qu'on en sait plus que tout le monde, la chose a ses périls et M. Paul Lacroix en fit souvent la cruelle expérience.

Il débute par donner un sonnet de Boileau : *Regrets sur la mort de l'aimable Iris*, il l'a trouvé dans les débris des manuscrits de Trallage; tout fier et heureux de sa découverte, il en informe le public qui répond : — Mais je connais votre sonnet, il figure dans toutes les éditions de Boileau, son vrai titre est celui-ci : *Sonnet sur la mort d'une parente.*

Parmi les doux transports, etc.

Il y en a même encore un sur ce sujet :

Nourri dès le berceau, etc.

Vous jugez de la joie intense qu'éprouvèrent les bibliophiles, et quelle confusion pour ce pauvre P. Lacroix ! Il en prend son parti carrément, alléguant qu'en bibliophilie comme en religion péché avoué est à moitié pardonné : « Je me confesse donc humblement à haute et intelligible voix d'avoir commis la plus incroyable et la plus inexplicable faute d'attention, en présentant, non pas comme inédit, mais comme non encore recueilli, ce sonnet de Boileau qui se trouve dans toutes les éditions de ses œuvres ! *Risum teneatis amici !*... Je n'ai garde de chercher à m'excuser d'une pareille distraction. J'aime mieux avouer ma faute et me recommander à l'indulgence des lecteurs. » C'était bien, il y en avait assez de dit; mais l'assurance lui revient peu à peu, et voici qu'il cherche hypocritement des circonstances atténuantes : c'est ce changement de titre qui, à première vue, l'a induit en erreur...

Oh! que nenni! le malheureux bibliophile, dans la joie de sa découverte et pour en faire mieux sentir la valeur, avait commis la faute d'y ajouter les réflexions suivantes : « Et que l'on dise encore que Boileau ne savait pas aimer. Est-il possible de mieux sentir et de mieux exprimer les peines de l'amour? Voilà Boileau réhabilité sous le rapport du cœur. Il était sans doute bien jeune quand il fit ce beau sonnet. »

Non, le bibliophile Jacob ne connaissait pas ce sonnet, ce n'est point un crime, mais voilà la vérité; et il ne connaissait pas davantage l'autre sonnet, puisque ce sonnet répond justement à la question qu'il se pose. C'est limpide. J'ai une pauvre édition de Boileau de 1721 *avec des éclaircissemens historiques donnez par lui-même*, dans laquelle se trouvent les deux sonnets accompagnés chacun d'une lettre de Boileau à Brossette, du 15 juillet 1702 et du 24 novembre 1707, qui fournissent toutes les indications qu'on peut désirer.

Paul Lacroix eût donc mieux fait de dire qu'il les avait oubliés complètement; on peut avoir dans la tête d'autres sonnets que ceux de Boileau!... Cependant cette boulette le taquine; plus tard, il revient encore sur son *meâ culpâ*, ce qui est maladroit; il fait le malin, ce qui est pire, et ne veut pas répondre comme le juge Bridoye : — *Comme vous autres, messieurs ;* mais il raconte que depuis plus de dix ans, il entasse dans des cartons toutes les pièces qui lui paraissent inédites ou non recueillies dans les œuvres des grands écrivains français ; « c'est dans ce pêle-mêle que je puise au hasard... » — Tout ce que vous voudrez, mais vous êtes léger, trop léger.

A la suite de cette mésaventure littéraire, et malgré son assurance habituelle, le bibliophile Jacob se tient coi pendant quelque temps ; mais son mal le reprend, et voilà qu'il découvre des *vers espagnols inédits* de Molière dans la comédie des *Poètes* qu'il se propose de publier ultérieurement. Pour le moment, il n'offre que les couplets de la mascarade espagnole, car l'obscurité et l'incorrection du texte rendent cela nécessaire..., « les pensées sont bien de Molière, mais l'expression est d'un écolier qui versifiait en espagnol avec le secours d'un dictionnaire. Les artistes qui chantaient dans cette mascarade en musique ne sont pas nommés dans l'édition in-4° du *Ballet des Muses*. On en est réduit à supposer... etc. »

Cette tranquillité, cette sérénité dans son flair de faiseur de trouvailles exaspère un autre bibliophile, M. Louis Moland qui déclare tout d'abord que le texte du *Ballet des Muses* n'a jamais été une rareté bibliographique et qu'en tout cas, il figure

— comédies, mascarades, couplets et traduction — dans le quatrième volume de l'édition des *Œuvres de Molière* publiée à la librairie Garnier, il n'y a pas plus de quatre ou cinq mois. Il est évident que Paul Lacroix eût dû y regarder. Puis, les couplets que les comédiens espagnols apportèrent à la fête royale sont en fort bon espagnol, quelque discutable que soit leur valeur poétique. Ils ont été traduits, et comme c'est Benserade qui a fait le livret, il est très possible que ce fût par lui; le bibliophile Jacob s'est donc donné là une peine bien inutile; quant aux noms des comédiens qui ont pris part à ce ballet, ils ne sont un mystère que pour M. Paul Lacroix qui eût pu les trouver au tome X de l'*Histoire du Théâtre français* par les frères Parfaict... et M. Moland s'étonne que M. Lacroix ne l'ait pas consultée.

Le bibliophile Jacob, et son ami Edouard Fournier qui se trouve incidemment mêlé au débat, ripostent faiblement; ils ne discutent d'ailleurs que sur le plus ou moins de rareté du texte du *Ballet des Muses* : — Ma foi, répond M. Moland, je ne puis guère tirer honneur d'avoir aussi découvert ce rarissime ballet; je n'ai eu qu'à le demander à la Bibliothèque Impériale... « deux exemplaires m'ont été communiqués, différents en quelques points mais tous deux contenant la mascarade espagnole et ses couplets ». On me dit, ajoute insidieusement M. Moland, qu'il est bien inutile de relever les erreurs de M. Paul Lacroix; il a une érudition ainsi faite, qu'il ne faut s'y fier que sous bénéfice d'inventaire. On n'a pas besoin de crier gare. Mais si, mais si, et M. Moland cite J. Brunet qui lui-même y a été pris, et il profite de l'occasion pour signaler encore une légèreté de P. Lacroix à l'égard du *Tartufe*.

Cette fois le bibliophile Jacob se fâche tout à fait et s'écrie : « Un éditeur d'une nouvelle édition des *Œuvres de Molière*, que je n'ai pas l'honneur de connaître, m'attaque à tout instant, avec des procédés qui n'appartiennent qu'à lui (procédés d'interprétation, d'insinuation, etc., mauvais procédés enfin) avec un zèle qui mérite récompense. Cette récompense, il l'aura tôt ou tard. » Il l'attend à la fin de son édition, c'est alors qu'il lui réglera son compte; — du reste, M. Moland n'est pas plus bibliophile que bibliographe, etc.

M. Louis Moland réplique qu'il a — sans en être fier — une connaissance spéciale de ce que M. Paul Lacroix a écrit en divers genres et sous divers pseudonymes; il pourrait à ce propos lui montrer qu'il est meilleur bibliographe qu'il ne lui plaît de dire. « Personne peut-être ne serait aussi à même que moi de retracer sa carrière, d'analyser et de caractériser ses œuvres, et la preuve que je n'ai pas contre M. P. Lacroix l'acharnement qu'il s'imagine, c'est que je n'ai jamais songé à entreprendre cette étude... » Il termine par ce trait empoisonné : —

Je sais bien que pour servir la rivalité des libraires, des écrivains ont parfois remanié à la hâte des livres laborieusement mis au jour par autrui. Une certaine bibliothèque a notamment offert de cette espèce d'exploitation quelques exemples qu'il serait facile de rappeler ici, etc.

Que dit de tout cela le bibliophile Jacob ? que fait-il ? à quoi pense-t-il ? oh ! c'est bien simple, il laisse crier et n'en continue pas moins ses découvertes. Il s'agit encore d'un sonnet, mais cette fois, rendu prudent, il le présente sous cette forme dubitative... « digne du meilleur temps de Boileau, si toutefois on peut le lui attribuer d'une façon certaine » et il cite le *Sonnet sur les beautés de Versailles :*

Beaux et grands bâtiments d'éternelle structure...

il ajoute : — Ce n'est pas la seule pièce inédite que renferme cette rare et curieuse édition, qui nous offre encore « une préface très étrange que l'éditeur a eu l'audace de mettre sous le nom de Boileau ».

Ce n'est plus M. Moland, mais M. Ludovic Lalanne qui, sous une forme moins vive, s'étonne que cette préface bizarre n'ait pas mis en garde M. Lacroix, que le style de ce sonnet ne l'ait point averti qu'il fallait en reculer la date au moins d'une soixantaine d'années. D'ailleurs ce sonnet est connu, il est de Malherbe et on le trouve dans le *Nouveau recueil des bons vers de ce temps* avec quelques petites modifications : par exemple, il n'y est pas question de Versailles mais de Fontainebleau. Je ne sais pas ce que répond le bibliophile, ni même s'il répond quelque chose, mais comme il vient de publier les *Œuvres inédites de la Fontaine* et qu'à la page 36 figure une fable intitulée l'*Heure de l'Ane* qu'il a découverte dans une édition du *Voyage de MM. de Bachaumont et de la Chapelle*, Utrecht 1697, arrive un quidam qui lui dit en ricanant : — Belle découverte, en effet, cette fable se trouve au tome VI du *Mercure galant* de 1673, elle a pour auteur Louis du Puget naturaliste et versificateur. Bayle, dans son *Dictionnaire*, cite quatre vers de cette fable, et Péricaud les a rappelés dans ses *Notes et documents sur Lyon*...

Cette fois, le malheureux bibliophile Jacob fait vraiment pitié, il adresse ses doléances à l'éditeur Auguste Aubry : « L'envie me prend de vous écrire dans cette lettre que je suis mort et que je vais en conséquence laisser en paix les œuvres des grands écrivains ainsi que leurs éditeurs passés, présents et futurs. » Il se lamente sur la tâche ingrate qu'il a entreprise. Personne n'est content, on vous reproche de donner du vieux pour du neuf, de ne rien donner de bon ; celui-ci guette le moment où vous prêterez le flanc à la critique, pendant que celui-là vous tend sournoisement un piège pour vous faire tomber en quelque erreur de fait ou de date... « Eh ! pour Dieu, messieurs, s'écrie-t-il, soyez plus indulgents et plus justes ! »

Vous auriez tort de supposer qu'après avoir ainsi fait son testament, notre bibliophile soit allé se jeter à l'eau ; non, il y met de l'entêtement et reparaît encore avec du Boileau inédit... malgré le peu de chance qu'il a dans ses relations avec ce poète. Il a lassé ses confrères de Paris, et c'est un bibliophile de province qui l'avertit charitablement de sa nouvelle bévue ; sur quoi, il recommence ses excuses au public et écrit : « Boileau a eu trois éditeurs : Brossette, Lefebvre de Saint-Marc et Berriat de Saint-Prix avec lesquels il faut toujours compter. J'ai déjà fait fausse route pour avoir négligé de les prendre pour guides » ; et pour faire pénitence, il cite en entier la lettre de son correspondant.

Il y a dans tout cela un fond d'insouciance qui est indigne d'un homme sérieux et d'un véritable érudit... *errare humanum est, sed perseverare diabolicum*... ; laissons-là ce diable de bibliophile Jacob toujours trop jeune, trop étourdi. Ses aveux désarment, direz-vous ? c'est possible... ; dans tous les cas, j'en connais un que personne ne lui demandait, et se confesser ainsi de gaîté de cœur, c'est presque de l'impudence. Voici cet aveu dans sa forme authentique : « Je ne me pardonnerai jamais, hélas ! d'avoir détaché d'un exemplaire in-4° de l'*Imitation* relié en maroquin rouge, le feuillet de garde offrant une dédicace signée P. Corneille, lequel feuillet fut vendu vingt et quelques francs à la vente des autographes de M. de Soleinne, c'est un crime dont je m'accuse et que les bibliophiles n'absoudront pas. »

Certainement.

*
* *

Voici deux autres bibliophiles, deux savants, l'un membre de l'Institut de France et l'autre membre de l'Académie de Belgique, tous deux honorablement connus des savants des deux pays ; ils se nomment Paulin Paris et Kervyn de Lettenhove, ils s'estiment tous les deux et semblent avoir de l'affection l'un pour l'autre. M. Kervyn reconnait même qu'il est tenu spécialement par les liens d'une gratitude toute personnelle, car s'il a pu consulter les nombreux manuscrits de Froissart à la Bibliothèque Impériale, c'est grâce à l'extrême obligeance de M. Paris. Mais... il y a un mais, — ils ne sont pas d'accord sur deux points : Froissart est-il allé en Angleterre en 1356 et était-il drapier ou tailleur en 1373 ?

Ne souriez pas, c'est très sérieux; les voilà partis !...

M. Paris déclare net que M. Kervyn s'est étrangement trompé sur la signification du mot *dittier* en prétendant que Froissart l'a toujours employé dans le sens de rimer, versifier, tandis que lui, Paris, le trouve au contraire employé dans le sens de dicter, et il cite plusieurs exemples : « En ce temps, je sire Jehan qui me suis enseigné et occupé de *dittier* et escrire cette histoire, etc. » M. K. de L. ne s'est point souvenu des *Chroniques* qu'il connaissait d'ailleurs si bien.

M. K. de L. se rebiffe et trouve que ses recherches sont l'objet d'un examen bien sévère, quelque courtoise et obligeante qu'en soit la forme. Il défend son opinion, mais étend singulièrement le débat ; sa réponse ne comprend pas moins de 13 pages in-8°, environ 400 lignes. Tout cela n'effraye guère M. Paris qui répond de sa meilleure encre et termine en disant : « Le champ d'ailleurs reste ouvert à M. K. de L., il pourra, s'il n'est pas convaincu, essayer une dernière fois de rétablir en sa faveur toutes les chances du combat. »

Ah ! le mot y est... bataille ! bataille ! et là-dessus, il lui soumet 17 observations qui donnent 9 pages in-8° mais en petit texte, ce qui vaut largement les 13 pages de son adversaire. La forme devient moins courtoise ; M. Paris est un rageur et quand il se contient, ce n'est jamais pour bien longtemps, l'aigreur paraît vite : — *de pareilles habitudes de critique ne sont pas admissibles*, que M. K. de L. me permette de le lui dire... — *On ne peut user plus librement d'allégations plus dénuées de preuves...;* — ici, commence de la part de M. K. de L. *une série d'inexactitudes que je ne sais vraiment comment expliquer...* ; — *un échafaudage de mauvais raisonnements fondés sur une allégation inexacte...* ; —

puis vient l'ironie, le sarcasme : — J'ai consulté le glossaire de Ducange *avec un soin dont M. K. de L. a cru pouvoir se dispenser*, etc., etc.

M. K. de L. est visiblement amertumé ; cependant malgré les *vivacités* de M. Paris, il ne désertera pas « le terrain de la discussion grave et sérieuse » ; mais cette fois, il s'espace tout à son aise et sa lettre a 33 pages in-8° : 1,000 lignes ! Il appelle M. Paris *mon honorable*, *mon savant adversaire*, — le *savant membre* de l'Institut, — mon *érudit* contradicteur ; il fait une fois allusion à la *rudesse* de M. Paris et finit par dire : mon *savant ami*. Mais dans le *P.-S.* — car cette lettre de 33 pages a un *post-scriptum*... (*in caudâ venenum*) il signale un trait de mœurs littéraires au moins bizarres : — M. Paris lui a reproché d'avoir reproduit une erreur de M. Buchon. — C'est vrai, dit M. K. de L. mais je m'en étais aperçu avant la note de M. Paris et je l'avais biffée sur l'épreuve. Pourquoi a-t-elle été reproduite ? Est-ce négligence ou oubli ? Est-ce afin de m'imposer l'aveu public d'une faute qui n'est mienne du reste qu'à titre d'emprunt ; et il sollicite de M. Techener, l'éditeur de cette controverse, quelques explications.

Sous ce titre : *Dernière réplique*, le bouillant Paris s'écrie : « Que nos lecteurs se rassurent, je ne répondrai pas. J'aime mieux laisser croire que je suis anéanti par les nouveaux arguments de mon adversaire. » Quant à la correction de l'épreuve, il déclare net que M. K. de L. s'est aperçu de l'erreur non pas en lisant son épreuve mais en relisant l'épreuve et la réponse de lui, Paris, car une dernière épreuve ne lui avait été envoyée de Paris en Belgique *qu'en dehors de tous les usages* et uniquement pour lui donner connaissance de la forme de ma réponse, etc.

Cela est bel et bien un démenti donné même d'une façon assez sèche... et Techener, mis en cause, se défend comme il peut et conclut par cette délicieuse note : — Nos lecteurs savent que MM. Kervyn de Lettenhove et Paulin Paris se reprochent mutuellement une trop grande confiance dans les assertions de M. Buchon, ce grief ne nous paraît pas très sérieux, *il ne peut en rien affaiblir les sentiments de sympathie et de haute estime qui unissent le savant membre de l'Institut de France et son honorable contradicteur*...

Autant dire que cela n'a fait que resserrer les liens qui les unissaient !

Quant à Froissart, est-il allé en Angleterre en 1356 et a-t-il été drapier ou tailleur en 1373?... je n'en sais ma foi plus rien tant les adversaires ont fait de poussière en combattant.

***

Il y avait à cette époque un vieux bibliographe — je dis vieux parce qu'il avait fait de la bibliographie toute sa vie — qu'on appelait l'*Hercule de la bibliographie* et qui était heureux et fier de cette dénomination ridicule ; la providence l'avait nommé Quérard — de *quærere* chercher, c'était fatal — et Joseph de son vrai nom ; il n'avait qu'un tort, celui de ne pas apporter dans ses fonctions de bibliographe un peu de la mansuétude dont faisait preuve dans ses affaires de famille son saint patron. Il mettait une véritable passion à la poursuite de la moindre supercherie littéraire ; Ranc a raconté d'une façon plaisante les tribulations qu'il eut à subir pour avoir dit devant lui qu'il connaissait le véritable nom d'un journaliste qui n'était alors connu du public, comme de ses amis, que sous un pseudonyme. « A l'instant, dit Ranc, je vis que j'avais fait une sottise, et comme il ne me convenait pas de pousser plus loin la confidence, je résistai aux importunités de Quérard. » Il ne faut pas connaître Ranc depuis bien longtemps pour s'apercevoir qu'on ne lui fait point dire ce qu'il veut garder pour lui, mais Quérard, aveuglé par sa folie, le poursuivit, le harcelant sans cesse au sujet de ce diable de pseudonyme, tant et si bien que Ranc, hanté par les obsessions de cet enragé bibliographe, ne put lui consacrer plus tard que cette ligne de souvenir : « La mort seule m'a délivré de cette petite persécution. »

Lorsque j'ai connu Quérard, il avait dépassé la cinquantaine, mais la vivacité de ses recherches l'avait entretenu dans un bon état de santé; il était alerte et dispos et ne ménageait ni son temps, ni sa santé dans sa chasse à la vérité ; c'était un bibliographe de combat. L'éditeur Auguste Aubry eut un jour l'imprudence de lui dire que je connaissais bien le monde des journaux, que j'étais à base de bibliographe et que je pourrais lui être utile; je n'étais pas à Paris et me trouvais à Saint-Pair en Normandie, où j'oubliais avec bonheur dans l'onde amère tous les bibliographes passés, présents et futurs ; il n'eut pas la patience d'attendre mon retour, il m'écrivit et depuis... ah ! miséricorde ! Il lui fallait tout savoir, le nom sous lequel Blavinet venait de débuter — sans le moindre éclat du reste — dans le *Journal inutile* ou le *Lézard empaillé*... et sans grand contrôle, vite il lui consacrait une *fiche !* — Qui sait, peut-être un jour deviendra-t-il *postéritéable*, j'en ai vu bien d'autres !... alors, ce ne sera plus chose inutile pour ceux qui feront l'histoire littéraire du XIXe siècle. Il était sans mesure et sans proportion ; que de fiches, bon Dieu ! et dans quel fouillis a dû se trouver M. Gustave Brunet qui acheta le cabinet de Quérard, cabinet dont le monde bibliographique s'était singulièrement, je crois, exagéré la valeur.

Eh bien, ce malheureux Quérard, qu'on aurait dû chercher à modérer dans sa poursuite de choses sans valeur, était au contraire vivement poussé par d'autres toqués — du même âge, qui lui fournissaient des armes. N'y eut-il pas, un jour, un certain Pierquin de Gembloux, grand collectionneur de pièces en patois et auteur d'une *Histoire littéraire et philologique des patois* qui, pour l'aider dans sa classification des *Supercheries littéraires*, lui envoya toute une *Technologie* bibliographique ne renfermant pas moins de trente-huit divisions sous des vocables assez pittoresques, et dont Quérard s'empressa de faire des étiquettes afin de cataloguer plus aisément ses contemporains. Mais s'il avait toutes les qualités d'un bon bibliographe, il en avait aussi les défauts les plus ordinaires qui sont la susceptibilité, la jalousie, la vanité, la tendance à croire qu'on a autant de mérite, sinon plus, à signaler un livre oublié qu'à l'avoir fait, à grossir les choses et faire d'un rien une montagne, etc. Ainsi, au sujet de je ne sais quel Tartempion, il s'écriait : « M. Félix Bourquelot est trop avancé dans sa pauvre publication (M. Bourquelot continuait la *France littéraire* que Quérard avait été forcé d'abandonner) pour craindre qu'il nous emprunte avec son sans-façon ordinaire, un pseudonyme tout frais que nous venons de découvrir... » Et il vous apprenait triomphalement que le plumitif qui se cachait derrière le nom de Blavinet n'était autre que Tartempion lui-même ! Puis, que de lettres, que de combats pour des riens..., pour un petit froissement d'amour-propre avec celui-ci, avec celui-là, avec tous !

Avec le vieux Brunet — un rival heureux! La guerre menaçait depuis longtemps entre les deux bibliographes, c'est Quérard qui la déclare. Il éclate comme un obus, par une lettre très vive (dans ce monde-là, ils appellent lettre 24 pages grand in-8° avec 70 lettres à la ligne!) : « Je suis dans ce moment, s'écrie-t-il, la victime de votre immense orgueil et je tiens à ce que l'on juge qui de nous deux a tort envers l'autre. Je n'attaque point l'octogénaire, je réponds à ses attaques... » Quérard, très méfiant, savait déjà que M. Brunet se proposait de lancer contre lui *une de ses bonnes petites méchancetés* qui, dit-il, *lui sont familières* et que du reste *il débite avec entrain;* il se perdait en conjectures quand est arrivée la cinquième édition du *Manuel*, et il sait enfin le pourquoi de cette haine dont le poursuit ledit Brunet. Ce n'est pas par jalousie de métier, mais simplement parce que lui, Quérard, a commis *l'imprudence* en 1844, c'est-à-dire il y a dix-neuf ans (oh! ces bibliophiles! quelle rancune! quelle mémoire!), d'insérer dans le *Moniteur de la librairie* dont il était le rédacteur en chef, un article signé Guichard sur le *Manuel* de M. Brunet.

J'ai lu l'article de Joseph-Marie Guichard, il est bien fait mais très vif à l'égard de Brunet et particulièrement bienveillant pour Joseph-Marie Quérard.

C'est donc Quérard qui a attaqué, bien qu'il vienne de dire le contraire, car signé Guichard —

ou Quérard, peu importe, ce n'était pas pour faire plaisir à Brunet qu'il l'insérait dans son *Moniteur de la librairie*. Et voici comment il a fait cette découverte, car Quérard est malin ! Il s'est aperçu que ledit Guichard ne se trouvait cité dans la cinquième édition du somptueux catalogue [il appelle ainsi le fameux *Manuel du libraire*) que par une seule ligne au *sous-sol d'une page !* au sous-sol d'une page, voyez-vous ça. Premier effet de l'implacable rancune de Brunet, se dit Quérard, il lui a appliqué le châtiment du silence, et il court au passage qui le concerne plus particulièrement. Horreur ! malédiction ! ici, tout n'est qu'inexactitudes calculées, appréciations perfides, calomnies..., et, se laissant aller à sa nature douce et clémente, il traite le vieux Brunet de *bouquinographe... bouquinomane... titulographe... catalogographe... bouquinopole...* il va même jusqu'à parler de *bibliothécopolie*. Puis, comme Brunet a dit qu'il laissait au savant M. Quérard la désignation de chef de la bibliographie française « qu'il s'est bénévolement donnée... », Quérard ne se possède plus; il n'a pas le caractère *vantard et suffisant* que lui prête Brunet, il est au contraire *modeste et humble*, et en souffre d'autant plus qu'il est obligé — pour répondre aux calomnies du sieur Brunet, de sortir de sa modestie et de son humilité ! Il en sort si bien, qu'il n'en retrouverait pas le chemin si par hasard la fantaisie lui prenait d'y revenir.

D'abord il ne s'est jamais donné une qualification quelconque, il a bien été forcé de prendre celle qu'on lui infligeait; c'est un M. Jozon d'Erquard qui le premier l'a appelé le CHEF DES BIBLIOGRAPHES FRANÇAIS, PATRIARCHE ET APÔTRE DES HOMMES VOUÉS AUX ÉTUDES BIBLIOGRAPHIQUES; viennent ensuite les désignations suivantes :

LE PREMIER HISTORIOGRAPHE LITTÉRAIRE DANS LA BIBLIOGRAPHIE FRANÇAISE (*Blätter fur literarische*);

LE DERNIER DES BÉNÉDICTINS (*Le Figaro*, mai 1858);

L'APÔTRE DE LA BIBLIOGRAPHIE (*Le Courrier de Paris*, octobre 1858);

LE PREMIER BIBLIOGRAPHE DE NOTRE ÉPOQUE (*Le Siècle*, décembre 1858);

L'ILLUSTRE QUÉRARD (*Chambre des représentants de la Belgique*, séance du 19 mars 1860);

L'HERCULE DE LA BIBLIOGRAPHIE FRANÇAISE (*Le Bulletin du bouquiniste*, août 1862);

L'ILLUSTRE BIBLIOGRAPHE (*Bulletin du bibliophile belge*, novembre 1862);

Etc., etc. (*sic*).

De toutes les épithètes que la bienveillance de ses contemporains lui a accordées, et qu'il a, comme vous le voyez, soigneusement collectionnées, les seules auxquelles tient cet homme humble et modeste sont celles de *Bibliographe national* et de *Martyr de la bibliographie*. Puis, il termine solennellement son petit *factum :* « Gloire à vous honnête vieillard déjà voisin de la paix éternelle, gloire à vous qui avez essayé, au moment de quitter la terre, de tuer par le ridicule un homme que recommandaient quarante années de persévérants et consciencieux travaux, poursuivis dans un autre but, mais avec le même fanatisme que les vôtres, dans bien d'autres conditions, car vous étiez riche et moi sans fortune... J'aurais dû avoir au moins vos sympathies, mais dans votre immense orgueil, vous ne m'avez témoigné qu'une mesquine haine... Gloire à votre vanité! »

Il ne faudrait pas croire que Brunet ait été aussi noir à l'égard de Quérard que celui-ci a l'air de le dire; dans tous les cas, en insérant dans son journal un article violent contre Brunet, il pouvait difficilement espérer que ce dernier lui en gardât une reconnaissance éternelle. Non, Quérard était un peu comme tous ses confrères, vif, rageur et ne se gênait aucunement lorsqu'il avait à donner son opinion sur quelqu'un; — en revanche, les représailles lui étaient particulièrement désagréables; il avait donné un coup de poing, on lui rendait une pichenette, et il criait à l'assassin.

Maintenant il ne faut jamais dire à son adversaire qu'il est *un vieillard déjà voisin de la paix éternelle... au moment de quitter la terre...* ce n'est ni bienséant, ni convenable, et on est quelquefois, sans s'en douter, beaucoup plus âgé que celui à qui on s'adresse ainsi; tel Quérard qui n'avait plus que vingt mois à vivre, tandis que Brunet devait encore lui survivre deux ans. Ce qui lui fournit, du reste, l'occasion de se montrer plus indulgent et moins rancunier que ne le disait Quérard, en souscrivant pour vingt francs à l'érection d'un monument élevé à la mémoire de son ennemi, sur l'initiative de Jules Assezat.

Et ne croyez point que Quérard eût été incapable d'en faire autant.

*
* *

Plus rageur et plus violent encore est celui-ci; c'est un éditeur, un bibliographe, un bibliophile, un homme d'affaires, se lançant de tous les côtés, fondateur de la *Bibliothèque elzévirienne* et comme tel ayant droit à nos sympathies, mais grincheux, irascible, mauvais coucheur... Il a chargé un savant bien connu M. Edelestand Du Méril d'éditer le roman de *Flore et Blanchefleur;* il était convenu entre eux que le commentateur ne dépasserait pas un certain nombre de pages; or, M. Du Méril a écrit cent pages de plus que le chiffre fixé, c'est quelque chose, et Jannet, qui n'est pas content, lui demande d'entrer dans les frais supplémentaires que ces pages ont occasionnés.

Du Méril a refusé avec horreur et dans des termes qui ont froissé Jannet; cependant on est en pourparler et Jannet, conciliant, a déclaré qu'il donnerait à M. Du Méril ses quarante exemplaires; de plus, il renoncera à toute indemnité à la seule condition que M. Du Méril lui écrira une lettre atténuant ce qu'il a dit à l'imprimeur Guiraudet au sujet de cette affaire... Je ne prends parti ni pour l'un ni pour l'autre, mais Jannet jusqu'à présent est dans son droit strict; M. Du Méril eût dû rester dans les limites des conventions acceptées de part et d'autre.

A cette avance de Jannet, M. Du Méril répond simplement en lui envoyant par huissier une assignation... « C'est ce qu'il appelle épuiser tous les moyens amiables, » s'écrie Jannet qui, poussé à bout, perd toute mesure et publie contre son auteur un *petit papier* étonnant, dans lequel il raconte comment il a été trompé par la réputation de ce savant *dont la tête est l'image du chaos.* « Il ne peut, dit-il, embrasser deux idées du même coup d'œil, pas plus qu'il ne peut écrire deux phrases de suite; il s'amuse à faire de sots calembours, il se vante de savoir toutes les langues et il ne sait pas plus le français du XIIIe siècle que celui du XIXe siècle... voilà ce candidat à l'Académie des inscriptions qui fait un livre dans lequel moi, humble libraire, je découvre plus d'erreurs que je n'en pourrais relever alors même que je voudrais faire un volume plus gros que le sien! » — Ce qui va suivre est tout à fait curieux, Jannet dit au public : « Voilà donc ce livre énorme qui me coûte tant d'argent et qui déshonore ma collection! Ce livre qui m'oblige à vous dire : n'ayez aucune confiance en ma circonspection ordinaire; n'achetez point ce livre, dont la préface est absurde, dont le texte est déplorable et dont le glossaire est ridicule; ne l'achetez point, car vous mettriez sur vos tablettes le chef-d'œuvre de l'érudition incohérente, vide et sans utilité. »

Puis, il s'acharne sur M. Du Méril, il se moque de ses étymologies et en cite quelques-unes qui, en effet, ne sont pas heureuses; il montre ce savant entassant pendant quinze heures par jour sur des bouts de papier tout ce qu'il trouve dans les livres, en toutes langues, bon ou mauvais... et à force d'amonceler notes sur notes, cherchant partout l'occasion de vider son sac. Il prétend que certains savants d'outre-Rhin qui connaissaient la manière de travailler de M. Edelestand Du Méril, ont proposé de lui donner le nom gras et onctueux de *Œlgestank* qui rappelle le compliment adressé à certain orateur de l'antiquité dont les discours, paraît-il, sentaient l'huile.

Cette plaisanterie aussi sent l'huile allemande, épaisse et lourde.

Tout cela n'empêche pas les magistrats, appelés à trancher le différend, de donner gain de cause à M. Du Méril.

Ce Du Méril avait cependant bien des affinités avec son éditeur; comme lui, il était rageur, touchait à tout volontiers, et on vit ces deux bibliophiles publier des brochures de circonstance; — Du Méril : *Une philosophie du budget; — Des finances de la République;* — Jannet : *La Banque de France, la circulation et le crédit.* Ce dernier ajouta même à cette nouvelle branche d'études, des spéculations sur les terrains. Quand la mort le prit, il eut une excellente presse, ce qui était justice; mais c'est manquer de mesure — certains l'ont fait, par excès de bienveillance sans doute — que de prétendre que Jannet, fut égal, sinon supérieur aux érudits qu'il employa. Ce n'est vraiment pas flatteur pour MM. Guiffrey, Ludovic Lalanne, Leroux de Lincy, Paul Lacroix, de Montaiglon, etc. Oui, c'est manquer de mesure et de sens critique, que de citer à l'appui la Nouvelle collection Jannet, et dans celle-ci, une très *bonne* édition de Villon faite sur l'exemplaire annoté par de La Monnoye...

Eh bien, non; la part de Jannet dans cette édition — qui n'était qu'une pauvre spéculation de librairie et qui ne tient absolument aucun rang dans les éditions de Villon — se résume en quelques notes n'apprenant rien de nouveau et en un glossaire *ridicule.* Jannet s'était moqué du glossaire de M. E. Du Méril, que pourrait-on dire du sien où je cueille ces mots au hasard : *Tretous* tous, *Escollier* étudiant, *Flan* sorte de pâtisserie, *Gendarme* homme d'armes, *Quoy* tranquille, *Rynceau* rinceau, *Requérir* chercher à nouveau, *Estaux* étaux, *Esguisé* aiguisé, *Petiots* petits, *Porte paniers* porteurs de hottes, *Poulaille* volaille, *Pourchasser* poursuivre, *R'abiller* réparer, *Somme* sommeil, *Pourmener* promener, *Toulouzaine* femme de Toulouse, *Rymer* faire des vers, *Tyran* tyran, etc. Quand le mot inquiétant dépasse ce niveau comme *en admenez*, *estomac d'aluette*, *raïmasser*, *compasser*, etc., ne les cherchez pas au glossaire, ils y sont, mais suivis d'un point d'interrogation, ce qui signifie que le commentateur n'en sait pas plus long que vous.

Que dites-vous de ce glossaire, c'est incroyable ! et à quel public s'adressait donc M. Jannet ?

*
* *

Comme vous le voyez, dans ce monde-là d'apparence plus correcte, c'est pis que dans la petite presse dont on a tant médit sous l'Empire ; vous ne trouviez pas bon le roman que publiait le *Constitutionnel* ou les *Débats*, vous vous querelliez avec vos confrères, vous n'étiez plus qu'un des *bravi* de la petite presse !... Mais dans le monde des savants, plus nous nous élevons dans les hautes régions, plus les susceptibilités sont vives, plus les vanités sont féroces, plus les discussions sont acerbes, il n'y a ni courtoisie, ni ménagement à attendre, — on ne se passe rien.

Voici M. W. Frœhner, savant qui travaille aux frais du gouvernement français et qui vient de publier un livre sur la colonne Trajane (entre parenthèse, il y aurait un curieux travail à faire sur les *Publications du Ministère de la maison de l'Empereur et des Beaux-Arts* — ou pour être plus juste, sur les publications entreprises et payées par le gouvernement, quel qu'il soit) et voilà M. C. de la Berge collaborateur de la *Revue critique d'histoire et de littérature* qui, dans un article fort étudié, relève des erreurs, des inadvertances... Tout cela est dit très poliment ; ce livre n'est pas un catalogue, il sera consulté non seulement par les curieux qui demandent une explication de la colonne Trajane, mais encore par les personnes qui étudient l'empire romain, etc., et, ajoute insidieusement M. de la Berge : « si nous y avons signalé un certain nombre d'erreurs et d'inexactitudes, c'est afin de contribuer pour notre part à éclaircir une question obscure, et surtout dans l'espoir qu'à une seconde édition l'auteur pourra tirer quelque utilité de nos critiques. »

Oui, vous allez bien voir ; du reste, ce coup-là est connu et n'a généralement pour résultat que de faire rugir plus fort l'adversaire ; il n'a jamais désarmé personne et on attend encore le bibliophile, le savant qui ne répondrait pas à une critique, si modérée qu'elle soit. Aussi M. Frœhner est-il furieux, il est même difficile d'être plus en colère que lui ; il commence par déclarer que M. de la Berge est *peu scrupuleux* dans le choix de ses moyens d'attaque, qu'il produit de *fausses imputations*, des *preuves illusoires*, des *assertions hypothétiques*... « Chaque mot de cette critique, j'ai le regret de le dire, est contraire à la vérité. » Il discute les points signalés et termine gracieusement en prévenant M. de la Berge qu'il s'abuse, s'il espère que, lui, Frœhner pourra tirer quelque utilité de ses critiques. Non, non, ne vient-il pas de démontrer quelle en était la valeur, — « et je déclare que je n'en tiendrai aucun compte ».

Après une courte réplique de M. de la Berge dont voici le trait final : « il reste du moins acquis que notre adversaire ne se tient pas au courant des progrès de l'épigraphie », les deux champions vont se coucher sur leurs positions respectives bien décidés à ne céder ni un pouce, ni une pierre du terrain où ils se sont campés.

Chinoiseries

de

savants

Puis, ce sont les membres de l'Institut eux-mêmes qui se traitent de la façon la plus vive; M. Stanislas Julien prétend que, sans provocation de sa part, M. Reinaud, son collègue et... ami, a lancé contre lui un *libelle rempli d'injures*, et son exaspération est telle qu'il lui a répondu immédiatement par une brochure de 24 pages in-8° qui réfute tout sans injure, l'injure n'étant pas une arme à son usage. S'apercevant ensuite que sa brochure faite à la hâte pourrait être meilleure et renfermer de nouvelles preuves, il en publie — non moins immédiatement — une seconde édition enrichie du *fac-simile* de l'écriture de M. Reinaud. Il y a dans celle-ci quelques vivacités; on sent que le temps n'a pas encore apaisé toute cette colère contre un homme auquel il a fourni en traductions inédites ou exécutées pour lui, la valeur de plus d'un volume de textes chinois ; aussi, est-il plein d'amertume, et il s'écrie que nul académicien n'a jamais rendu à M. Reinaud des services plus considérables et plus désintéressés.

Ne me demandez pas le motif de la querelle, c'est une véritable chinoiserie et je ne suis pas certain d'avoir bien compris; il y a d'abord un exemplaire du *Fo-Koué-Ki* couvert d'annotations par M. Stanislas Julien et prêté à M. Reinaud pour quelques jours seulement et que ce dernier a conservé pendant trois mois. M. Reinaud nie tout; il n'a jamais vu le *Fo-Koué-Ki* de M. Stanislas Julien et par conséquent ne l'a gardé ni quelques jours ni trois mois. Evidemment il y a un de ces deux messieurs qui est mal servi par sa mémoire. Mais M. Stanislas Julien riposte par une botte savante à laquelle n'avait pas pensé son ex-ami; la preuve, s'écrie M. Julien, que ce que j'avance est vrai, c'est que M. Reinaud a fait des annotations à côté des miennes, c'est pourquoi j'ai publié le *fac-simile* d'une page, et j'en appelle à tous ceux qui connaissent la vilaine écriture de M. Reinaud.

Pourquoi ce dernier ne veut-il pas entendre parler du *Fo-Koué-Ki?* C'est parce qu'il revendique publiquement le mérite d'avoir trouvé tout seul, à l'aide de l'arabe, du persan ou des sons chinois donnés par M. Landresse, un système de transcription de mots indiens figurés phonétiquement. Or, M. Julien prétend que la chose n'est possible qu'avec le secours du chinois et du sanscrit qui lui sont familiers et auxquels, dit-il, M. Reinaud est complètement étranger. Et il ajoute : C'est cette *prétention inouïe* qui l'a poussé à me susciter, de gaieté de cœur et sans provocation de ma part, cette guerre illogique qui laissera des traces ineffaçables dans l'histoire de la philologie orientale. — Tout cela, sous ce titre : *Réponse mesurée de M. Stanislas Julien à un libelle injurieux de M. Reinaud.*

*
* *

M. de Saulcy également bataillait volontiers; il eut une grande querelle avec un certain Van de Velde à propos de Sodome, Gomorrhe et autres villes aussi peu recommandables; ce dernier a publié dans le *Literary Gazette* un article outrageant pour M. de Saulcy, ce qui a doublement étonné celui-ci en raison des relations amicales qu'il entretenait avec Van de Velde. Plein de tristesse, M. de Saulcy écrit une longue lettre au président de la *Palestine Archeological association :* « Il faut que M. Van de Velde apprenne pour son compte avant d'avoir une si haute opinion de son mérite, et alors seulement ses jugements pourront acquérir quelque poids. »

Une autre fois, c'est avec M. de Quatremère. Depuis deux ans une guerre sourde existait entre les deux savants, et ce pauvre M. de Saulcy était heureux de penser que cette lutte discourtoise était finie... ; « je m'abusais, dit-il, une nouvelle occasion s'est présentée d'attaquer mes études et mon caractère même, M. Quatremère l'a saisie avec avidité, et le *Journal des Savants* a, cette fois encore, accueilli les gracieusetés de l'illustre académicien ».

Quand ce n'est pas avec l'un, c'est avec l'autre. A propos d'un livre du Rév. Porter : *Five years in Damascus (Cinq ans à Damas)*, l'écrivain qui en rend compte dans l'*Athenæum* de Londres, commence ainsi son article : « Si M. de Saulcy pense qu'il a une position qui vaille la peine d'être défendue, il y a dans ce livre le commencement d'une belle querelle. » En effet, le Rév. Porter accusait M. de Saulcy de n'être qu'un ignorant, un zélé mais malheureux antiquaire dont les découvertes se font toujours quarante ans trop tard... et finalement de ne pas apporter dans ses travaux l'honnêteté littéraire élémentaire; ainsi, M. Anton Boulad, de Damas, lui a dit avoir donné à M. de Saulcy qui allait à Baâlbek des copies des inscriptions qu'il prétend avoir découvertes, etc. M. de Saulcy bondit; il n'a jamais vu Anton Boulad, et, n'était la robe du Révérend Porter, cela se passerait autrement...

Sur ce, ledit prêtre Anton Boulad écrit à un autre prêtre de Damas qu'il a donné des inscriptions à M. de Ségur *avant* et *après* le voyage de M. de

Saulcy, car à l'époque du séjour de celui-ci à Damas, il était malade et ne l'a pas vu. M. de Ségur envoya les deux inscriptions et copies à M. de Saulcy, etc. (c'est assez embrouillé), il finit ainsi : « je ne me suis pas fait un titre de gloire d'avoir donné quelque chose à M. de Saulcy, car je suis trop peu pour m'en faire ailleurs que dans le Seigneur, etc. »

Il y avait eu en somme un mal dit et un mal entendu; mais vraiment M. de Saulcy n'était pas chançard... en tant que savant.

⁂

J'ai parlé plus haut du *Journal des Savants*, il a bien aussi son originalité; le temps n'est rien pour ses rédacteurs, et l'illustre M. Littré — à ne citer que celui-là — n'a pas fait moins de douze articles sur un volume de M. Matzner intitulé : *Altfranzösische lieder* et mis trois ans à les publier. Le trop célèbre M. Chevreul, sachant qu'il avait du temps devant soi, s'est moins pressé et a mis de 1843 à 1851 à faire le compte rendu d'un livre de M. Hoefer; il est vrai qu'il lui a consacré quatorze articles, mais c'est bien compter sur la patience du lecteur, et quelques-uns ont eu largement le temps de mourir pendant les huit années qu'a duré ce compte rendu phénoménal.

Si de ces savants *chinois* nous passons aux savants

en *us*, aux grammairiens par exemple, cela changerait peu, tout en gagnant encore en vivacité, car tout le monde connaît l'humeur atrabilaire des grammairiens, faiseurs de dictionnaires, etc., depuis Richelet jusqu'à M. Poitevin, — en passant par toutes les langues. Ils sont toujours les mêmes et guerroyaient en 1857 comme aux siècles passés; la querelle Dübner et Burnouf a fait époque; Dübner trouvait plus de cinq cents rectifications à infliger à la grammaire de Burnouf qui ne renferme cependant que quatre cents paragraphes..... Ah! si j'avais su cela au collège! Il y aurait peut-être eu moyen d'égayer un peu les relations mélancoliques que j'avais avec cet odieux bouquin.

Je me souviens aussi d'une forte querelle entre Poitevin et Bescherelle aîné, l'un auteur d'un *Nouveau dictionnaire universel de la langue française*, l'autre connu par son *Dictionnaire national* — deux ouvrages définitifs qui ne doivent point décourager les amateurs qui auraient encore l'envie de faire un nouveau dictionnaire. également définitif. M. Poitevin n'a pas la main légère, et voici le commencement d'une épître qu'il adressait à l'aîné des Bescherelle :

Grammairien d'emprunt et de hasard,
Connu, famé par les œuvres des autres,
Vous avez su, vous tenant à l'écart,
Mettre vos soins, employer tout votre art
A ne jamais y rien mêler des vôtres.

C'était habile, aussi jusques au bout
Suivre deviez cette douce méthode,
Donner du vôtre eût été moins commode
Et c'eût d'ailleurs été de mauvais goût....

*
* *

Mais il vaut mieux, je crois, revenir à nos bons bibliophiles qui offrent assez de variété pour satisfaire les lecteurs les plus difficiles. Les monomanes sont nombreux, comme on pense : nous avons eu, entre autres, M. Van Praet possédé de la folie du vélin — entendons-nous, des livres quels qu'ils fussent, imprimés sur vélin ; il avait été conservateur à la Bibliothèque Impériale, et M. A. Bernard — le frère de Martin Bernard — correcteur à l'Imprimerie nationale et auteur d'un bon livre : *De l'origine et des débuts de l'imprimerie en Europe*, l'avait accusé d'un acte de vandalisme inouï et dont on ne pourrait trouver l'équivalent dans les néfastes de la bibliophilie. Van Praet, afin de satisfaire sa passion pour le vélin, n'aurait pas hésité à porter une main hardie et sacrilège sur les *Tusculanes* de Cicéron, édition imprimée à Paris de 1471 à 1472... ; M. de Sacy apprenant cela brusquement pouvait mourir du coup. Oui, cet exemplaire unique est maintenant incomplet de trois feuillets que Van Praet a eu l'audace de donner à M. A. Renouard pour lui compléter son exemplaire, en échange... (je le donnerais en mille qu'on ne devinerait pas...) du *Mérite des femmes* in-32, SUR VÉLIN naturellement.

M. Ernest Legouvé en serait ému lui-même !

Cela paraît monstrueux à première vue, mais voici Jacques Brunet qui vient défendre son ami Van Praet... ; celui-ci a fait cet échange, mais il y a des circonstances atténuantes ; il n'a d'abord pris que *deux* feuillets et non pas *trois* à l'exemplaire *double* et non pas *unique* et déjà *incomplet* de la Bibliothèque Impériale... ; « il ne l'eût pas fait, dit M. Brunet, si l'exemplaire, tout double qu'il était, ne se fût trouvé incomplet. » Je le crois bien ; ce Belge étonnant avait déjà tort de ne pas conserver cet exemplaire tel quel... au moins pour en faire des échanges plus intéressants que l'échange contre le *Mérite des femmes !* M. Brunet appelle cela un acte de bonne administration ! il a l'air de ne voir là dedans qu'une chose, c'est que si son ami Van Praet adorait le vélin, M. Auguste Bernard le trouvait particulièrement indigeste.

Puis, il y a ceux qui se sont fait une idole qu'ils entourent de soins constants et jaloux ; malheur à l'imprudent qui s'approche trop près du fétiche, lors même que ce serait pour l'encenser à son tour. Tel le Dr Payen qui avait chez lui, rue Saint-Honoré toutes les éditions de Montaigne, en toutes langues, tout ce qu'on a écrit sur lui, la plupart des autographes de Montaigne connus, les portraits peints, gravés, etc. ; il a passé à ramasser ces choses trente ans de sa vie, c'est ce qu'il appelle les rares loisirs qu'il a pu consacrer à Montaigne. Aussi n'admet-il pas qu'on puisse en savoir autant — et, *a fortiori*, plus que lui sur l'auteur des *Essais*; or, voici M. A. Grün, rédacteur en chef du *Moniteur*, qui s'avise de publier la *Vie publique de Montaigne*; sa haute situation lui crée du bon temps qu'il consacre, lui aussi, à Montaigne. — M. Payen devrait être enchanté... pas du tout : il est jaloux.

Le titre seul de l'ouvrage l'exaspère déjà... *Vie publique* est impropre et trop ambitieux, il est vrai que celui d'*Etude* serait trop modeste..., et le voilà qui met sabre au clair, 54 pages in-8°, 1890 lignes ! car il se voit forcé d'intervenir malgré sa répugnance à sortir de la réserve qu'il s'est toujours imposée; mais il y a là des erreurs contre lesquelles il doit protester, erreurs d'autant plus dangereuses qu'elles sont protégées *par un nom, une position et un remarquable talent*. Le docteur a la main légère... Son trait final n'est pas non plus d'une noirceur bien étonnante — nous sommes habitués à mieux — et le voici : « La part de M. Grün est assez belle pour qu'il ne s'attribue pas le mérite de l'initiative qui ne lui appartient pas; ce qu'il appelle la vie publique de Montaigne avait été ébauché avant lui et la biographie de l'auteur des *Essais* reste à faire encore après M. Grün. »

M. A. Grün répond en vingt lignes, pas plus; on voit qu'il n'est point de la partie. Il est mécontent.

cela se comprend, mais il se borne à dire qu'ayant eu l'occasion de relever de nombreuses erreurs chez les savants qui se sont occupés avant lui de Montaigne, au lieu de s'en plaindre, M. Payen devrait plutôt l'en remercier. « L'amour de M. Payen pour Montaigne et pour la vérité me fait regretter, dit-il, de n'avoir pas signalé tous les endroits où il s'est trompé; c'est un service que, le moment venu, je lui rendrai complètement. »

Voilà pourtant où en arrivent deux enfants de chœur qui ne devraient être occupés qu'à manier l'encensoir avec ensemble.

C'est ce bon docteur Payen dont on cite ce mot amusant sur l'alcool : — Par ses qualités échauffantes, l'alcool coagule l'albumine du sang et arrête la circulation ce qui fait qu'il est véritablement un réfrigérant. Par ses combinaisons avec des corps étrangers, il rend des services à la science; seul, il n'est bon à rien; on dit cependant qu'il y a des personnes qui en boivent.

Bibliophiles
mal
avisés

Mais quittons les monomanes et passons aux bibliophiles et bibliographes mal avisés... comme disait l'abbé Rive qui leur faisait la chasse; le bibliophile Jacob n'en est pas, car malgré ses erreurs un peu répétées, il serait injuste de ne pas lui tenir compte d'une quantité énorme de pièces qu'il a sauvées de l'oubli et mises en lumière; puis il était spirituel, ce qui est toujours agréable à rencontrer. Il y en a tant d'autres qui ne sont connus comme bibliophiles que par leurs bévues.

Voici M. Edouard de Barthélemy — qu'il ne faut pas confondre avec son frère M. Anatole de Barthélemy, auteur de travaux numismatiques fort estimés — qui a fait à la Bibliothèque Impériale la découverte de quinze pages sur lesquelles ont été transcrites des pièces de vers de Mathurin Régnier trouvées après sa mort et qui n'ont pas été imprimées dans ses œuvres. M. E. de Barthélemy n'est ni un paresseux ni un étourdi; il vérifie le fait dans toutes les éditions du poète, y compris celle que M. Viollet-le-Duc vient de donner dans la *Bibliothèque elzévirienne;* de plus, il a trouvé dans le *Cabinet satyrique* deux des pièces transcrites dans son manuscrit, ce qui donne une incontestable authenticité à ces poésies inconnues et font taire tous ses doutes à ce sujet.

Ça va bien; — il a l'intention de les publier, mais il croit devoir aujourd'hui signaler au monde lettré cette précieuse trouvaille... ; « dans ce temps-ci on rencontre si rarement quelque chose de vraiment nouveau qu'on doit se hâter de le rendre sien ». Il s'étend sur sa bonne fortune, donne aux lecteurs du *Bulletin du bibliophile* quelques extraits pour les mettre en goût; il constate de-ci de-là que ce ne sont peut-être pas des meilleurs vers de Régnier, mais que cependant on reconnaît dans tous le vigoureux poète... Or, à la fin de ce même numéro du *Bulletin du bibliophile*, le lecteur lit avec stupéfaction cette note — bien en vue, afin que nul ne la passe :

« Il y a de certaines méprises très désagréables pour ceux qui les commettent et pour ceux qui les laissent passer. Cette réflexion nous est suggérée par l'article de notre présent numéro relatif à des vers inédits de Régnier. M. Edouard de Barthélemy attribue à ce dernier des vers qui comptent parmi les plus beaux qu'ait faits Malherbe et qui, depuis plus de deux siècles, sont dans toutes les éditions de ce grand poète. Malheureusement nous avons été averti trop tard de cette méprise et lorsque le bulletin était en partie composé. »

Voyez-vous la tête de M. E. de Barthélemy! mais vous auriez tort de le croire abattu, vous ne savez pas ce qu'il y a de ressort chez un bibliophile qui vient de faire une culbute. Il s'indigne d'abord de ce que cette note soit anonyme, il ne trouve pas le procédé très courtois, surtout lorsque l'on prend les allures et *le style d'un maître d'école gourmandant des escoliers* (et c'est cela même en effet, y compris la mise en pénitence); il la juge libellée dans une forme peu académique, avoue qu'il n'a pas la mémoire assez bonne pour se rappeler tous les vers des poètes du XVIIe siècle, ce qui est une pauvre excuse; — il ne s'agit pas ici de mémoire. Il ajoute tranquillement : « Il en résulte que je n'ai pas fait remarquer que ces vers avaient été jusqu'à ce jour *attribués* à Malherbe, » voilà tout, et c'est bien du bruit pour peu de chose!

Le malheureux! il ne savait pas un traître mot de tout cela, la chose est évidente. Il continue : — Ce n'est pas une raison, ose-t-il dire, parce que ces vers sont attribués à Malherbe depuis deux cent vingt-neuf ans pour qu'ils soient de lui. Il est certain qu'on s'est trompé jusqu'ici, et il a fallu sa perspicacité et son érudition, à lui, Edouard de

Barthélemy, pour rendre à Mathurin Régnier... etc.

Cela a l'air d'une effronterie, non, ce n'est qu'une sottise de plus.

Le même M. E. de Barthélemy s'est fait l'éditeur d'un certain nombre d'écrivains, il a publié les *Œuvres inédites de La Rochefoucauld*, édition qui ne lui a pas valu que des éloges; on se souvient de la verte leçon que lui donna Sainte-Beuve. Il n'a pas mieux réussi en publiant le *Journal d'un curé ligueur de Paris;* cela a été fait d'une façon déplorable, et M. Gaston Paris, un véritable érudit celui-là, l'a exécuté sec et net. Ecoutez M. Paris « le mot [déplorable] n'est que juste pour la publication de M. E. de Barthélemy. Nous ne parlons pas de l'*Introduction* et des *notes* qui n'ont aucune valeur et où il serait facile de relever plus d'une bévue, mais le texte est si étrangement reproduit qu'il faut considérer l'édition comme non avenue. » On pourrait croire que M. E. de Barthélemy s'en est rapporté sans contrôle au travail d'un copiste ignorant et négligent, mais on doit renoncer à le sauver car M. E. de Barthélemy termine son *Introduction* par ces mots : « J'ai copié soigneusement les deux manuscrits en conservant l'orthographe des noms, etc. » Or, ce n'est pas exact, et M. E. de Barthélemy s'est livré au contraire à de nombreuses fantaisies; il a même laissé en blanc un grand nombre de mots très lisibles et a bouleversé les paragraphes. M. Gaston Paris, après avoir cité quelques passages omis ou transposés, dût renoncer à cette tâche fastidieuse; quant aux erreurs il y en a de vraiment curieuses; ainsi le roi Philippe d'Espagne se trouve commander à 60,000 Allemands, Suisses et Français, tandis que dans le manuscrit (comme dans l'histoire du reste, histoire qu'a oubliée M. E. de Barthélemy), ces 60,000 hommes appartenaient au roi Henri II de France. On lit dans l'édition de M. E. de Barthélemy cette phrase qui n'a pas de sens : — *le roy Charle fut sacré à Reims; on le sacra à la mode antique, par quelque circonstance faicte par Calvin...* Vous ne savez pas trop ce que cela peut vouloir dire, mais il faudra vous en tenir là, M. E. de Barthélemy s'en est bien contenté, et cependant... il y a tout bonnement dans le manuscrit qu'il a copié si soigneusement : — *Le roy Charles fut sacré à Reims, jasoy ce qu'on eust taché à le dissuader qu'il ne se sacra à la mode antique par quelque remonstrance faicte par Calvin.*

Et ceci, que je donne pour le bouquet. Le manuscrit porte : « Je fus au Palais... j'y ai acheté des images, le livre *De la Colère* de Sénèque. Je feu à l'Université; je vey M. Genebrard chez Chaudier où j'acheté la *Théologie naturelle* de Sebon, les *Epistres* de Sénèque en français. » C'est clair, n'est-ce pas? eh bien, voici ce qu'a lu M. Édouard de Barthélemy, qui vraiment eût bien fait ce jour-là de mettre des lunettes d'un numéro un peu plus fort : — « Je fus au Palais... j'y achetoi des images, le livre *De la colère* de SEURGNE. Je fus à l'Université chez Chaudier, j'y achetoi la *Théologie naturelle* de SOLY, les *Epistres* de SEURGNE en français. »

Seurgne pour Sénèque, *Soly* pour Sebon !... quand on est déjà guidé par le titre du livre... c'est fantastique ! Seulement dans son article, M. Gaston Paris a eu le tort d'employer le mot *admonestation*, qui a du faire ricaner à son tour M. E. de Barthélemy — s'il s'est aperçu de cette distraction.

***

Les savants mal avisés!... mais je ne puis les quitter sans raconter ici la mésaventure qui fit d'un ignorant le savant le plus mal avisé du monde! En général, l'Etat n'est pas très heureux dans ce qu'il entreprend en fait de lettres ou de beaux-arts, et sans parler du maréchal Randon, ministre de la guerre, qui fait traduire de l'anglais un *Bertrand Duguesclin et son époque*, publié par l'Américain F. Jamisson, pensant — idée bizarre ! — que cet homme de Charlestown était plus à même que n'importe quel Français d'entreprendre un pareil ouvrage, l'histoire du *Livre des sauvages* est certainement la chose la plus étonnante de ce temps. Elle a été racontée avec les plus amusants détails dans la *Correspondance littéraire* de M. Lalanne ; en voici le résumé. Le bibliophile Jacob, qui était un bibliophile aimable mais qui souvent regardait trop superficiellement les choses, eut un jour le tort de signaler à un certain abbé Domenech, en quête de travail, un manuscrit enfermé dans une boîte sous le nom de *Livre des sauvages* et que la Bibliothèque de l'Arsenal possédait depuis un siècle environ ; il le présenta à l'abbé comme *un monument très curieux et peut-être unique au monde*. Malheureusement, l'abbé croyait que le *célèbre bibliophile* M. Paul Lacroix, comme il l'appelait, connaissait tout..., et le bibliophile prenait l'abbé pour un savant — en quoi, les deux se trompaient.

Toujours est-il que l'abbé, après avoir parcouru ce cahier de cent quatorze feuillets in-4°, plus ou moins altérés par l'eau de mer qui les faisait adhérer entre eux, court enthousiasmé trouver M. Fould. Il lui assure, sans en avoir la moindre preuve, que ce manuscrit est du XVIIe siècle et qu'il est écrit sur un papier de fabrique *canadienne*, que c'est un témoin muet de l'occupation du Canada par les Français ; il lui est assez facile ensuite de démontrer au ministre que la France doit se faire honneur de le publier et ne pas le laisser au Congrès des État-Unis qui, certainement, s'empresserait d'en ordonner l'impression. L'abbé Domenech obtient les fonds nécessaires, et bientôt paraît un ouvrage de grand luxe, renfermant deux cent vingt-huit planches et portant ce titre : MANUSCRIT PICTOGRAPHIQUE AMÉRICAIN, *précédé d'une notice sur l'Idéographie des Peaux-Rouges*, par l'abbé E. Domenech...

missionnaire de ceci, chanoine de cela, membre de etc., etc., OUVRAGE PUBLIÉ SOUS LES AUSPICES DE M. LE MINISTRE D'ETAT ET DE LA MAISON DE L'EMPEREUR.

Eh bien ! ce fameux ouvrage n'est que le cahier de classe de quelque écolier allemand possédant sa *pictographie américaine* aussi bien que le premier gavroche français venu possède sa *pictographie parisienne* et dont on voit les honteux et cyniques échantillons s'étaler impudemment sur les murs fraîchement blanchis. L'abbé ne doute de rien, il explique tout, rien ne l'arrête... ; les dessins les plus obscènes fournissent à sa sagacité les plus curieux commentaires ; il est assez difficile d'en donner quelques exemples. Ainsi, l'abbé voit dans d'immondes bonshommes dont la position est d'une indécence révoltante, deux Ouabinos invoquant les esprits célestes, — dans quatre ovales enchevêtrés les uns dans les autres et placés à côté d'une priapée, l'hostie que le prêtre élève au-dessus de sa tête après la consécration, et l'ovale croisé serait une image de la chasuble que le prêtre porte pendant la messe, etc., etc. Quant aux inscriptions, elles sont toutes en allemand et sont très claires, — l'orthographe et la langue étant du reste à l'avenant du dessin.

Ce fut la risée du monde savant d'Allemagne et d'Angleterre ; le *Post-Zeitung* d'Augsbourg, le *Vossische Zeitung* de Berlin, l'*Athenæum* de Londres, la *Saturday Review*, *Notes and queries*, etc., s'en donnèrent à cœur joie ; le savant Petzhold, de Dresde, publia même une brochure sous ce titre : *le Livre des Sauvages éclairci par la civilisation française*, etc., — vous voyez cela d'ici. Ce fut une réjouissance européenne, et ce qu'il y a de plus triste pour nous, c'est de constater avec quelle facilité ou plutôt avec quelle ânerie on avait accueilli et payé cher les dessins obscènes de ce jeune polisson allemand. Tout cela s'était fait entre gens et devant un public tellement ignorants — en dehors des romans à tapage — qu'il avait fallu que ce fussent des étrangers, des Allemands, qui s'aperçussent les premiers de cette mystification colossale !

Quant à l'abbé Domenech, il ne se tint pas pour battu, comme bien on pense ; il déclara tout d'abord que cette guerre lui était faite par des jaloux qui voulaient lui fermer l'Académie des Inscriptions, ainsi que la bourse du ministre ; puis il publia réponse sur réponse, plus une brochure : *La Vérité sur le livre des sauvages*, dans laquelle il ne répondit victorieusement à aucune des objections qui lui étaient faites ; — et tranquillement, il envoya son livre à l'Académie des Inscriptions pour le concours du prix Volney. Cette année-là, comme M. Reinaud terminait la lecture de son rapport sur le concours, une voix s'écria : — Et M. l'abbé Domenech, vous n'en parlez point ? M. Reinaud répondit au milieu de l'hilarité générale qu'il n'était pas d'usage d'entretenir l'Académie d'ouvrages indignes de retenir son attention.

La moralité de tout ceci —, et qui n'est pas encore à l'avantage de notre pays, c'est que ce livre, dont l'éditeur, M. Gide, avait encore toute l'édition à peu près intacte dans son magasin, disparut et fut enlevé comme par enchantement pendant la tourmente, dès qu'on fut bien certain qu'il était rempli d'obscénités.

L'abbé Domenech n'était pas en veine cette année-là; il venait de donner en outre une très peu remarquable édition de l'*Histoire du Jansénisme* du P. Rapin, et avait reçu de ce chef une volée de bois vert de main de confrère : « Il y a là, disait l'abbé Maynard, un tel conflit, une telle mêlée de négligence et d'ignorance, que nous ne croirons jamais qu'un prêtre y ait mis la main. M. l'abbé Domenech (c'est hélas! le nom de l'éditeur) doit avoir laissé sa tâche à quelque manœuvre littéraire indigne de sa confiance, qui, tout à fait inexpérimenté en théologie, en histoire, en littérature et en typographie, aura recopié le manuscrit et corrigé les épreuves au hasard de sa triple et quadruple ignorance. » Vous croyez l'abbé coulé... quelle erreur! Il devient aumônier de l'armée expéditionnaire française au Mexique, directeur de la presse au cabinet de l'empereur Maximilien, etc., etc. — Ainsi va le monde!

Si je ne parle pas de l'affaire des faux autographes (autographes de Charlemagne, Rabelais, Alexandre, César, Pompée, Socrate, Platon, saint Pierre, Clovis, Vercingétorix, Judas Iscariote, Ponce Pilate, Cléopâtre, Jeanne d'Arc, etc., etc.), dont fut victime M. Michel Chasles, membre de l'Institut, c'est qu'elle est vraiment trop connue et qu'il y a quelque chose de douloureux dans la défaillance de ce vieux mathématicien rêvant d'un siège au Sénat, qui m'empêche de sourire à l'emballement de certains de ses collègues, MM. Thiers, Élie de Beaumont, etc. Ces pièces sont excessivement curieuses, disait ce dernier, l'Académie recevra avec reconnaissance et déposera dans ses archives les manuscrits si généreusement donnés par notre confrère. Les autographes de Louis XIV, de Cassini, de Galilée, seront examinés avec un vif intérêt... Je suis de tous points de l'avis de M. Chasles; j'ai cité la vétusté du papier comme une preuve matérielle, mais les preuves morales sont encore bien plus grandes. Il est absolument impossible que des faussaires aient pu entreprendre un semblable travail. Comment faire parler ainsi Louis XIV, Galilée, etc., sans que bien vite une erreur palpable échappe à la plume du faussaire et trahisse la contrefaçon? C'est impossible. Les autographes sont parfaitement authentiques!!!

Puis, n'est-ce pas montrer une fois de plus l'insouciance avec laquelle, même à l'Institut, nos savants étalent leur légèreté et, disons le mot, leur ignorance, puisqu'il a fallu qu'un Anglais vint leur dire qu'à l'époque où le faussaire faisait correspondre Pascal avec Newton, ce dernier avait onze ans et faisait ses études à Grantham. N'est-ce pas aussi un Italien qui a fait remarquer que si Galilée connaissait le français (et cela est loin d'être prouvé), il le connaissait très mal car les rares mots cités par lui sont toujours estropiés. Dans les quatre-vingt-huit volumes de documents, œuvres, correspondance de Galilée avec ses contemporains, il n'y a pas un mot de français...

Et le faussaire avait vendu à M. Chasles, deux mille lettres françaises de Galilée !

Peines de travail perdues

Il est des bibliographes et aussi des bibliophiles hantés par la manie de la fiche qui se complaisent dans des travaux tout à fait inutiles; ils ont l'air de s'être donné une tâche afin de passer le temps sans penser à quoi que ce soit. Ainsi M. Vergnaud-Romagnesi qui détaille dans le *Bulletin du bouquiniste* toute une bibliographie des ouvrages publiés sur Jeanne d'Arc, espérant être utile aux futurs historiens de la Pucelle en leur indiquant les sources premières. Mais arrive M. J. Quicherat, auteur de six énormes volumes sur Jeanne d'Arc, qui se fâche tout rouge et prévient le public que les prétendues recherches de M. Vergnaud-Romagnesi se bornent à donner la table des matières contenues dans le quatrième et le cinquième volume de la collection de documents qu'il a publiés sous le titre de *Procès de con-*

damnation et de réhabilitation de Jeanne d'Arc dite la Pucelle. « Tous les ouvrages qu'il cite, sauf sept qui sont des compilations et des traductions que j'ai négligées à cause de leur date, ont été non seulement indiqués par moi, mais rapportés textuellement. » M. Quicherat fait remarquer, avec raison, combien est singulière cette façon d'aider aux recherches, que de renvoyer à une infinité de volumes les uns presque introuvables, les autres peu accessibles à tout le monde, lorsqu'il était si simple d'indiquer un ouvrage dans lequel le premier venu trouvera la totalité des textes que tous ces livres et ces manuscrits fournissent sur la matière.

Comme ce travail lui a demandé certainement plus de peine et plus d'intelligence que n'en dépense M. Vergnaud-Romagnesi, il reprend comme siennes toutes les indications et appréciations que celui-ci a données dans le *Bulletin* : « Je ne lui laisse, dit-il, que les erreurs nombreuses qu'il a eu le talent d'introduire de son chef en me copiant. » M. Vergnaud-Romagnesi répond — sans répondre — qu'il est de notoriété publique à Orléans que depuis 1824, il s'occupe de cette nomenclature et qu'il veut la faire aussi complète que possible. Comme nous sommes en 1858, cela ne fait que trente-quatre ans ; ce n'est pas trop pour être complet. M. Vergnaud-Romagnesi appartient à une classe de bibliographes plus nombreuse qu'on ne croit ; ils ramassent, ils ramassent, ne se trouvent jamais assez complets, ne publient rien, mais continuent à être les hommes les plus heureux du monde. Ils sont même enchantés de voir publier par un autre cette bibliographie sur laquelle ils sont accrochés depuis tant d'années, car ils espèrent qu'elle va leur apporter des titres qu'ils ignorent peut-être, et si, par hasard, ils y découvrent deux ou trois erreurs, quelques omissions..., avec quelle joie méprisante ils signalent la chose dans un Bulletin quelconque ! Puis ils rentrent dans leur coquille en pensant combien ils seront complets le jour où ils paraîtront.

Mais M. Vergnaud-Romagnesi a l'air d'un brave homme de bibliographe, ce n'est pas un de ces effrontés comme certains que nous avons vus tout à l'heure, car il pouvait parfaitement répondre à M. J. Quicherat : — Je n'ai rien pris dans votre livre ; pourquoi ne voulez-vous pas que j'aie fait toutes les courses, employé le même temps que vous, écrit une correspondance considérable, pour me procurer les mêmes matériaux. Avec les mêmes moyens, n'importe qui peut en faire autant. M. Vergnaud-Romagnesi n'a point agi ainsi, il faut lui tenir compte de cela. Quant aux effrontés, ils ont à se méfier..., certains malins, j'en connais, apportent de temps en temps un très léger changement dans la désignation ou les extraits d'un ouvrage, et le confrère paresseux qui copie de confiance tombe dans le panneau comme le premier oisillon venu.

⁂

C'est surtout en province, à travers les innombrables sociétés, académies, comités scientifiques, littéraires, artistiques, etc., que se rencontrent des savants, des bibliophiles se livrant à des travaux bizarres dont la futilité n'a d'égale que leur inutilité ; j'aurais de singuliers cas à citer, en voici un entre autres qui, dans sa simplicité, ne manque pas d'un certain charme. Je regrette que la chose se passe encore à Orléans; je n'y mets point de parti pris, le hasard en est seul la cause ; Orléans est du reste assez riche en vrais savants depuis les deux Petau (Paul et Denis), jusqu'à MM. Edouard Fournier et Vapereau Gustave, pour pouvoir sourire des petites vanités qu'il nourrit dans son sein. Donc, nous sommes à Orléans, dans une vieille maison de la rue du Gros-Anneau ; le Dr Charpignon, le nez contre une ancienne fenêtre dont les petits carreaux enchâssés dans du plomb témoignent de son grand âge, s'aperçoit qu'il y a sur un de ces carreaux une inscription latine, gravée au diamant, signée et datée. Il obtient la permission de détacher le carreau, l'étudie à loisir et, fier de sa trouvaille et des réflexions qu'elle lui suggère, met le tout sous les yeux de ses collègues de la Société d'Archéologie d'Orléans. Voici ce qu'on lit sur le carreau, en une écriture dont certaines lettres accusent évidemment une origine germanique :

> Omne solum forti patria est ut piscibus æquor,
> Ut volucri vacuo quidquid in orbe patet.
>
> A. 1670 M. W. WALLER.

(Pour l'homme au cœur fort, toute terre est la patrie, comme l'onde l'est pour le poisson, comme l'espace entier l'est pour l'oiseau.)

Traduction Charpignon.

Ces deux vers étant d'Ovide, la trouvaille perd tout son intérêt, et vous remettriez le petit carreau en lieu et place !... On voit bien que vous n'êtes pas un savant de province, laborieux et patient comme tout homme pour lequel la peine et le temps sont choses de peu d'importance. Et voilà l'estimable docteur parti dans le domaine de la fantaisie ! Il commence de suite à appeler le signataire Waller tout court, comme s'il le connaissait depuis 1670 et s'il avait été son correspondant à cette époque éloignée. C'est un étudiant allemand qui a quitté sa famille pour venir chercher un peu de science à l'Université d'Orléans dont la maison du petit carreau était alors une dépendance. Ovide, qui lui aussi a souffert de l'exil, lui revient en mémoire et le jeune Waller, en un jour de mélancolie, tire de ses doigts un anneau garni d'un précieux diamant, et d'une main fiévreuse grave ces deux vers si bien en situation.

Waller? et le docteur fouille les registres poudreux concernant les étudiants allemands qui, à cette époque, fréquentaient les cours de l'Université. Rien, pas de Waller; peut-être cet étudiant a-t-il négligé de signer au registre de *procure* pour s'éviter certains frais...; le docteur s'attendrit sur son protégé : — Brave Waller, s'écrie-t-il, chez lui l'amour de la science l'emportait sur les difficultés pécuniaires... (mais, docteur, vous oubliez le précieux diamant; votre Waller *avait le sac*... comme on dit généralement dans les Universités) — Waller est-il retourné dans sa patrie, et là, son nom vit-il encore? Je l'ignore, se dit en soupirant le bon docteur.

Voilà pour la première version, car le Dr Charpignon en tient une seconde en réserve pour les personnes qui ne seraient pas satisfaites de celle-là. Il y a un William Waller qui joua un rôle important en Angleterre, fut exilé par Cromwell et vint en France... (cette fois, cela va mieux, le nom, les initiales...). Hélas! William Waller est mort à Londres en 1668, ce qui le met dans l'impossibilité de se trouver à Orléans en 1670. Maintenant ce pouvait être un de ses fils (s'il en eut) ou quelqu'un de ses parents...; quant à retrouver son nom sur les registres concernant les étudiants anglais et écossais, il faut y renoncer, ces registres n'existant plus aux archives.

Puis, le docteur se prend à douter que, Anglais

ou Allemand, son Waller ait été étudiant à l'Université, car en admettant qu'il ne soit pas inscrit au registre de *procure* il eût du moins consigné son acte de thèse sur le registre spécial à cet effet, et là, encore, l'infortuné docteur n'a point trouvé son nom. Néanmoins, il se console de n'avoir pu pénétrer le mystère qui enveloppe ce Waller, en ayant la satisfaction d'avoir assuré la conservation « de ce verre curieux qui pendant deux siècles a échappé aux mille accidents qui auraient pu l'anéantir. Il est déposé au Musée d'Archéologie d'Orléans ».

Passe encore pour cette note du Dr Charpignon, mais la chose ne finit pas là ; la Société, enthousiasmée, charge l'abbé Desnoyers, son président, de lui faire un rapport sur cette mystérieuse histoire. D'après ce rapport, il paraît que le docteur est un veinard ; sa vie est déjà marquée par trois précieuses découvertes — dont la petite vitre (il n'indique pas les deux autres); puis l'abbé paraphrase ligne par ligne la notice du docteur, ce qui est tout à fait inutile, et finit par déclarer qu'à son tour il propose une troisième version.

Après une description minutieuse de la maison du Gros Anneau, belle construction du XVIIe siècle, paraît-il, il en conclut qu'elle devait servir à loger les professeurs ou les étudiants riches. Or, Waller était un étudiant riche (le diamant, la maison le prouvent...) et après quelques réflexions sévères mais justes sur la richesse, comme celle-ci : « Vous savez, messieurs, que la richesse affaiblit souvent, quand elle ne l'étouffe pas, l'amour du savoir, » le pauvre garçon reçoit du terrible abbé un coup droit auquel certainement il ne s'attendait pas, ni le Dr Charpignon, ni vous non plus : « On peut donc admettre en gémissant que le jeune Waller, arrivé de cette Allemagne qui honore tant la science pour la cultiver lui-même, a fini par subir l'influence de sa richesse, et que, dégoûté des rudes labeurs qu'elle impose, il a interrompu sa carrière d'étudiant et déserté le champ qu'il faut féconder par le sacrifice. »

Qui aurait cru cela de ce jeune Waller ? avoir ainsi abusé de la confiance du Dr Charpignon !... L'abbé *hasarde* cette explication *qu'il ne croit cependant pas entièrement dépourvue de toute probabilité ;* ce qui ne l'empêche pas, car c'est un homme juste, de mentionner une quatrième version qui, dit-il, a son importance et une réelle valeur. Elle n'est pas de lui, mais d'un de ses collègues pour lequel l'Université d'Orléans n'a pas de secrets (*ah ! ah ! écoutez*). Ce collègue rappelle que la réputation de ladite Université attirait les savants de l'Europe et qu'il ne serait pas impossible qu'un de ces savants se fût logé dans la maison du Gros Anneau et que dans un moment inspiré tout à la fois par la poésie et la patrie, il ait laissé ces vers sur cette vitre...

Ah! ils ont de l'imagination dans l'Orléanais.

L'abbé termine en parlant encore d'une cinquième version — non par respect pour elle, car il est indigné, *mais pour en faire bonne et sévère justice :* — On a dit que cette inscription est moderne et le fruit d'un malicieux écrivain voulant égarer la science de l'archéologie...; il suffit de voir la vitre, la fenêtre et la maison pour taxer cette affirmation de mauvais goût et d'ignorance. Là-dessus M. l'abbé Desnoyers demande une place dans les *Annales* « pour un travail où se rencontrent le charme du mystère, le savoir de l'archéologue et l'amour de notre chère cité ».

N'est-ce pas curieux! et quand tous ces savants auraient fini par rencontrer le nom de Waller sur le registre des étudiants ou sur un autre, qu'est-ce que cela pourrait avoir d'intéressant. Ah! si les deux vers n'avaient pas eu de propriétaire et qu'on ait pu les attribuer au signataire, je comprendrais la recherche...; je la comprendrais peut-être encore si c'était un personnage connu..., mais dans le cas présent c'est du pur enfantillage. Le Dr Charpignon l'avait presque senti — en passant, mais sans s'y arrêter : « De cet homme, disait-il, en terminant sa notice, le nom n'est plus pour nous que le son : Waller! que sert, en effet, de graver des noms sur le marbre et l'airain, si ces noms ne sont entourés et soutenus par des œuvres qui leur donnent la vie. » Aux personnes qui pourraient croire qu'en abrégeant j'ai exagéré, j'indiquerai le titre exact de ce rapport tiré à part et publié sous couverture jaune : *Vers gravés en 1670 sur une vitre trouvée dans une maison d'Orléans par M. le Dr Charpignon et Rapport par M. l'abbé Desnoyers, président de la Société d'archéologie d'Orléans*, avec planche donnant le *fac-simile* du petit carreau et de l'inscription, br. de 12 p. in-8°. Orléans, 1870.

*
* *

Mais ce sont-là jeux innocents qui ne font de mal à personne, occupent les loisirs des grands parents et assurent pendant ce temps-là la liberté et la tranquillité de leurs enfants ; dans tous les cas, il vaut mieux s'amuser ainsi que d'aller au cercle dépenser au jeu la dot de ses filles, dire du mal de son prochain, ou courir le guilledou, — je ne dis pas cela pour l'abbé que nous venons de voir, je parle en général. Malheureusement, il n'en est pas toujours ainsi dans les sociétés savantes de province qui sont des nids à cancans, à commérages de toute nature, pétaudières où règnent continuellement des querelles sourdes et de vilains petits agissements causés par une basse jalousie ou par des rancunes inavouables.

Exemple : Il s'agit de M. Julien Travers, ancien professeur, membre de l'académie de Caen et auteur de méchants petits volumes de vers intitulés *Gerbes glanées* (*sic*), et je dis méchants avec intention car il ne faudrait pas croire que taquiner la muse fut pour notre homme un délassement inoffensif; non, le poète est méchant ou cherche à l'être, et les vers sont mauvais. M. Travers fait profession de libéralisme, et quel libéralisme? écoutez-le :

Honte à ces novateurs, sophistes en délire,
Fauteurs de communisme, infâmes écrivains
Qui creusèrent l'abîme où nous trouva l'Empire,
Honte à vous, républicains.

Je ne sais pas ce qu'il était chargé d'enseigner à ses élèves, mais voici ce qu'il répondait à son fils qui lui demandait la cause de la phosphorescence de la mer :

— Mon fils, bénis du ciel la sagesse profonde!
Ne l'interroge pas; Dieu fait bien ce qu'il fait.
Aux disputes de l'homme il a livré le monde,
Il s'en réserve le secret.

Voilà pour le professeur. J'avais besoin de dire cela pour faire bien comprendre ce qui va suivre. Il est donc tout naturel que M. Travers ait horreur de l'*Histoire de France* de M. Henri Martin... (moi aussi, je n'aime pas cette histoire pour d'autres raisons, mais je respecte l'historien) et il regarde l'honorable M. Henri Martin comme un individu contre qui toute arme est permise. Un jour de réunion solennelle des Sociétés savantes, en pleine

Sorbonne, M. Travers lit un mémoire en partie dirigé contre le célèbre historien ; il l'accuse d'avoir tiré des conclusions illégitimes d'une pièce publiée pour la première fois en 1833 parmi les *Vaux de Vire* d'Olivier Basselin et reproduite par M. Leroux de Lincy dans son livre des *Chants historiques de la France*.

— Mais, je ne comprends pas bien, dit M. Henri Martin, c'est vous-même qui avez publié cette édition d'Olivier Basselin dans laquelle j'ai pris cette chanson... M. Travers sourit, fait un léger mouvement d'épaules, lit la pièce, la déclare apocryphe et en nomme l'auteur — qui est lui, Julien Travers !

Stupeur dans l'assemblée, tout le monde se regarde, où sommes-nous?... « Il y a dans l'acte de M. Travers, dit M. Paul Meyer que nous trouvons toujours du côté de la justice et de la raison, autre chose qu'une inconvenance. Le fait d'introduire frauduleusement dans ses publications de textes anciens un document de fabrique récente est en lui-même assez peu digne ; c'est un piège tendu au lecteur, c'est un vilain tour, mais venir dans une assemblée respectable se faire une arme de sa propre fraude pour attaquer les hommes qu'on a trompés et dont l'un est membre du comité devant lequel on se présente, c'est plus que de l'audace. » Oui, c'est de l'effronterie, de l'impudence ! Il y a là une absence de sens moral qui eût dû soulever tous ses collègues, et on ne comprend pas que dans sa juste indignation l'assemblée ne se soit point levée tout entière en priant M. Julien Travers... de se retirer. Passons. Il ne faudrait pas croire que pour avoir égaré MM. Henri Martin et Leroux de Lincy, le vau-de-vire pastiche de M. Travers fût un tour de force... ma foi! non, le bibliophile Jacob, entre autres, ne s'y était pas trompé et, dans un jugement motivé dont M. Travers s'est bien gardé de parler, avait dit : « Nous n'hésitons pas à déclarer que ce vau-de-vire est RIDICULEMENT apocryphe. » C'est ennuyeux pour MM. Martin et Leroux de Lincy de s'y être laissé prendre, mais c'est tout à fait fâcheux pour M. Travers « dont la modestie égale la saine érudition », dit un écrivain peu exigeant qui signe Piédagnel.

*
* *

En ce temps-là, il ne faisait pas bon tomber sous la main de M. Paul Meyer, un de nos érudits les plus distingués, qui, avec MM. Haureau, Guessard, G. Paris, Ludovic Lalanne, G. Servois, etc., représente avec éclat l'érudition française, bien en retard hélas, sur l'Allemagne, — non pas qu'il eût la main plus lourde qu'il ne fallait, mais il ne vous ratait pas, et M. Prosper Tarbé a dû se souvenir longtemps de la leçon méritée que lui donna jadis M. Paul Meyer, tout jeune alors. En 1863, ce faux savant — c'est de Prosper Tarbé, que je parle — se présente à l'Académie des Inscriptions où il a pour concurrent le savant abbé Cochet; mais dans les académies, les relations de société sont tout, le savant est blackboulé et l'autre entre là comme dans un moulin. Il n'est pas sans titre, car il s'est fait l'éditeur d'une collection de poètes champenois antérieurs au XVIe siècle et qui comprend déjà 22 volumes. Dans un très curieux article, M. Paul Meyer donne la mesure des connaissances de M. P. Tarbé en paléographie, en philologie et en histoire littéraire.

Je n'entrerai pas dans cette analyse qui est fort intéressante mais qui dépasserait la place que j'ai à lui consacrer; je n'en veux retenir que les derniers mots : « Parmi les erreurs que j'ai signalées, il en est qui peuvent prêter à rire, mais l'impression qu'elles laissent n'en est pas moins affligeante. Ce qui reste démontré par cette élection, en effet, c'est l'insouciance regrettable de notre pays. En Allemagne, M. Tarbé eût été prévenu dès sa première publication; des articles insérés dans le *Central-Blatt*, dans les *Göttinger gelehrte Anzeigen* ou ailleurs, l'eussent averti de ses fautes; il se fût arrêté ou corrigé. Chez nous, il a pu mettre au jour 22 volumes dénués de toute valeur scientifique sans que personne s'en soit ému, et enfin il a obtenu du premier corps scientifique de France la plus haute récompense qu'un savant de la province puisse ambitionner. » C'est tout simplement honteux, et l'Académie mérite les fières et dures paroles que lui adresse M. Paul Meyer sur la dignité de la science compromise par ceux-là même qui devraient en être les plus fermes défenseurs.

Ce même M. Meyer — qui n'est point un Allemand comme vous pourriez le croire, mais un Parisien savant comme plusieurs Allemands — se moquait aussi de la tendance qu'on a en France à s'incliner devant une thèse portant le visa de la Faculté des lettres de Paris et surtout lorsqu'elle a valu à son auteur le grade de docteur ès lettres... Diable...! — Non, restez couvert ; il paraît en effet qu'il faut en rabattre. Voilà M. Arthur Loiseau agrégé de l'Université, etc., qui a publié une *Etude historique et philologique sur Jean Pillot* et sur les doctrines grammaticales du XVIe siècle. Comme il a pris ce qu'il dit dans les livres de seconde main, *tout ce qu'on ignorait avant sa dissertation sur Jean Pillot*, on l'ignore après. « Pour lui, les ouvrages de M. Diez sont lettre close, et s'il connaît, grâce à M. Livet, les grammairiens français du XVIe siècle, Palsgrave lui reste inaccessible. » M. Paul Meyer le montre reproduisant les plus grosses erreurs de Génin, ignorant les controverses qu'elles ont suscitées, ce qui prouve suffisamment qu'il n'est pas en état d'exercer aucun contrôle sur ceux à qui il emprunte sa science. Cela va même si loin qu'au sujet d'une erreur commise par M. Ampère, à propos des règles de la déclinaison romane et que M. Guessard avait relevée en disant ironiquement : « la règle de l'*s* a grandi, fait son chemin, et à l'heure qu'il est elle a pullulé. Nous possédons maintenant la règle du *t*, la règle de l'*m*, la règle du *g*... que sais-je encore? Quelques pas de plus dans cette voie et tout l'alphabet y passera »; eh bien, M. Loiseau n'a pas vu l'ironie; il a pris cela pour argent comptant et a affublé M. Guessard d'une théorie ridicule que justement il combattait. Ce qu'il y a de plus curieux, c'est que M. Loiseau a mérité son diplôme de docteur ès lettres en écrivant des phrases qui n'ont pas le sens commun, — comme celle-ci : « Ils contribuaient à la débarrasser d'une foule de *lettres* MUETTES *destinées à modifier la prononciation.* »

Je me souviens aussi de la bonne leçon que le même M. Paul Meyer administra à tous ces archéologues improvisés, produits instantanés de l'*alésiomanie*, sur le dos de je ne sais quel savant d'occasion qui, sans la moindre étude préparatoire, venait donner son avis sur la question à la mode. — Mes amis, disait ce particulier, appellent mon travail une découverte, moi je le nommerais modestement une étude, jusqu'à ce que *la décision de l'Empereur et celle de l'Institut aient prononcé.*

« Ainsi donc, lui répond M. Paul Meyer, les questions scientifiques seraient-elles aussi résolues par voie de décret; ou bien il y aurait une compagnie quelconque en France qui voudrait rendre en pareille matière des décisions infaillibles...; non, la véritable science n'a pas besoin de tant d'approbations officielles : *mole sua stat.* » — Une autre fois, c'est M. C. Hippeau qui annonce qu'il prépare un *Dictionnaire de la langue d'oïl;* or, M. Paul Meyer vient de lire du même auteur une édition de *Le bel inconnu* ou *Giglain fils de messire Gauvain et de la fée aux blanches mains* qu'il a trouvée médiocre, et, mis en défiance par le glossaire dans lequel il a relevé beaucoup d'erreurs, il saute en l'air à l'annonce du *Dictionnaire de la langue d'oïl.* Pour accomplir un pareil travail, dit-il, il ne faudrait pas répéter les fautes commises dans le glossaire du *Bel inconnu* et il s'empresse de les lui signaler en ajoutant malicieusement : « Si ces taches sont plus nombreuses que M. Hippeau ne le suppose, il nous en sera plus reconnaissant. » En attendant, il lui dit gentiment qu'il est en progrès depuis l'époque où, publiant le *Bestiaire divin* de Guillaume clerc de Normandie, il faisait venir *fel* félon de *felis* chat; aujourd'hui il a retrouvé l'étymologie germanique assignée à ce mot par Ducange, c'est bon signe... et il l'attend à son *Dictionnaire.*

∴

Parmi les bibliophiles et savants mal avisés, faut-il encore citer M. le comte Foucher de Careil et son édition des *Œuvres de Leibniz?* c'est au moins l'opinion de l'historien allemand Onno

Klopp qui certes n'est pas le premier venu et qui l'accuse d'une foule d'erreurs plus ou moins plaisantes. M. Foucher de Careil se plaint de ce que le manuscrit lui soit arrivé dans un désordre qui nuit à son effet malgré tout le soin qu'il a pris pour en recoudre les lambeaux. Effectivement, ricane l'Allemand ; ce manuscrit se compose de trois parties dont la seconde a été trouvée postérieurement aux deux autres, et M. Foucher de Careil a réuni la troisième à la première sans s'apercevoir de la lacune. Puis voilà des fautes de traduction bien étonnantes : Leibniz pense que pour arriver à subjuguer les Hollandais il faudrait surtout employer des forces maritimes, car la perte des villes de l'intérieur comme Maëstricht, Rheinbergen ou Bois-le-Duc (*Silva Ducis*), serait pour eux de peu d'importance. Or, M. Foucher de Careil aurait ainsi traduit ce passage : « car pour les affaires maritimes, surtout celles de quelques villes situées dans les terres, telles que Maëstricht sur la Meuse, *Rheims* et, si vous le voulez, *Sedan*, leur commerce est faible et sans poids aucun sur la souveraineté des choses. » C'est un peu large comme traduction, mais ceci : Leibniz fait dire à Pompone qu'il y a plus de huguenots de cœur qu'on n'en voit au Temple de Charenton... ; M. Foucher de Careil traduit : — les huguenots sont paisibles à peu près comme ceux que l'on enferme dans l'*établissement de Charenton*...

Ceci est peut-être un peu fort, car enfin M. Foucher de Careil n'était point un imbécile et un ignorant, il est permis de supposer qu'il savait ce qu'était le Temple de Charenton ; je ne puis vraiment croire à cette confusion... Au surplus, je n'ai pas lu la brochure de M. Onno Klopp, c'est le *Bibliographe alsacien* de 1864 qui l'a lue ; ce frère de l'Alsace m'aurait-il trompé ?

∴

La vanité n'est pas étrangère aux bibliophiles ; voici venir un érudit véritable à qui l'on doit bien des mises en lumière d'ouvrages anciens peu connus et même inconnus jusque-là, et il serait injuste de ne pas s'en montrer reconnaissant, mais il serait injuste aussi de ne pas s'apercevoir que M. Francisque Michel partage, avec tous ses confrères en éditions d'auteurs anciens, les travers de la docte confrérie. Il publie le *Roman du Mont-Saint-Michel* par Guillaume de Saint-Pair, poète anglo-normand du XIIe siècle, et son nom, Francisque Michel, s'étale bien en vue sur la couverture. C'est justice, direz-vous, il l'a découvert, il a collationné le manuscrit du British Museum avec celui de la bibliothèque d'Avranches, y a mis une introduction, un glossaire probablement..., sa part est assez large pour lui permettre de présenter le sieur Guillaume de Saint-Pair comme un proche parent.

Eh bien, non; écoutez M. F. Michel, il va vous dire lui-même quelle est la brillante part qu'il a prise à cette publication; il a fait relever à Londres le texte du *Roman du Mont-Saint-Michel* par un homme qu'il suffit de nommer pour inspirer toute confiance, M. Thomas Wright.., puis il a chargé M. Charma de collationner ce texte avec celui du manuscrit d'Avranches, travail que M. Charma a rempli avec une scrupuleuse attention.

Maintenant, il avait eu l'intention d'ajouter aux rimes du trouvère une introduction et des notes destinées à éclaircir le texte, mais il reconnaît que M. Eugène de Beaurepaire a fait ce travail avec une telle supériorité que ce serait prendre une peine bien inutile que de vouloir le recommencer sur nouveaux frais... Quelle part M. Francisque Michel a donc dans cette publication?... Il a fait un glossaire dans le genre de celui de M. Jannet dont nous avons parlé plus haut, et visant comme lui la même couche de lecteurs : *Brie*, province de France; *Amender*, perfectionner; *Bretons*, habitants de la Bretagne, etc.

Toujours « l'envie de paroistre ».

Un autre savant, M. Victor de Laveleye publie *la Saga des Nibelungen*, dans les Eldas et dans le Nord scandinave; l'ouvrage est bon, un critique sévère, M. Karl Bartsch en convient, mais il remarque en souriant que M. de Laveleye a l'air d'avoir traduit sur l'original; il ne le dit pas, mais il cherche à faire naître cette apparence dans l'esprit du lecteur en citant dans les notes quelques passages du texte islandais. Or M. Karl Bartsch est certain que la véritable source dont s'est servi le traducteur n'est que la traduction de M. Simrock, qui est en vers et par conséquent ne saurait être d'une fidélité rigoureuse. Et il pince M. de Laveleye en donnant dans les trois langues : islandaise, allemande et française, plusieurs preuves de ce qu'il avance ; puis il termine par cette petite critique : « Nous ne reprocherons pas absolument à quelqu'un qui ne sait pas l'islandais de s'être servi d'une traduction allemande, cependant il faudrait l'avouer franchement et ne pas se donner l'air d'être plus savant qu'on ne l'est réellement. »

* * *

Encore, si on ne leur reprochait que cela, mais aux yeux de bien des gens, les savants, les bibliophiles sur le retour passent pour être enclins à l'obscénité ou plutôt à une certaine égrillardise qui atteint les gens d'âge mûr, lorsqu'ils ont perdu dans leur jeunesse beaucoup plus de temps avec les vieux livres qu'avec les jeunes femmes. Diderot dit que les vieillards deviennent facilement orduriers, — la liberté du ton ne pouvant plus rendre les mœurs suspectes, — ils préfèrent l'expression cynique qui est toujours la plus simple. C'est probablement ce qui arrive quelquefois aux savants et aux bibliophiles; mais, n'en déplaise à Diderot, je crois que les vieillards auraient raison de se surveiller à ce sujet, une trop grande liberté de ton pouvant au contraire rendre leurs mœurs suspectes. Revenons aux bibliophiles; ils n'ont rien à cet égard qui les particularise, et je ne trouve en ce moment aucun souvenir à l'appui de l'accusation dont ils sont parfois l'objet, tandis que je me rappelle parfaitement la grande colère de M. Raymond Bordeaux contre ce pauvre Aubry, éditeur de la Société des bibliophiles français. M. R. Bordeaux rendait compte dans le *Bulletin du bouquiniste* d'Aubry, d'une *Notice sur les plombs historiés trouvés dans la Seine et recueillis par Arthur Forgeais*, et Aubry, pour égayer un peu l'article, l'avait semé de certaines reproductions desdits plombs. Arrivé à ce passage de M. Bordeaux : « puisque nous dissertons ici sur ces *Neniæ archeologicæ*, nous hasarderons un doute sur l'interprétation ou du moins sur l'exacte attribution des dernières pièces, où l'auteur croit avoir vu des revers obscènes... » Aubry, qui aimait à plaisanter, glissa au-dessous de ces lignes la reproduction d'un petit plomb représentant un phallus ailé.

Comme je l'ai dit, violente colère de M. Bordeaux protestant contre l'insertion de cette vignette qui, ajoute-t-il, est précisément en contradiction avec la réserve qu'il avait gardée..., et confusion d'Aubry déclarant qu'effectivement c'est par *inadvertance* et à l'insu de son honorable collaborateur que cette malencontreuse vignette a été placée après qu'il avait donné le bon à tirer. C'était bien du bruit pour peu de chose; mais, pudeur à part, pourquoi M. Bordeaux dit-il que M. Forgeais *croit* avoir vu des revers obscènes..., le fait est sûr, et à moins d'avoir complètement perdu le sens de la vue, il n'y a pas à s'y méprendre, c'est un phallus ailé dans le genre de ceux que les Anglais pudibonds rapportent comme souvenir de leur visite à Pompéi. Après cela, si le débat ne roule pas sur l'épithète d'obscène, nous sommes de l'avis de M. Bordeaux, nous ne voyons là rien d'obscène, mais alors nous ne comprenons plus ses objurgations à ce polisson d'Aubry.

*
* *

Parmi tous ces bibliophiles, n'oublions pas le bibliophile étourdi, car il y en a; c'est Janin qui va nous servir d'exemple... Il aimait les livres, c'est incontestable, mais quel étourneau! il trouve sur le quai un charmant *Horace* de 1676, la bonne date... il l'achète cinquante centimes et, tout guilleret, la main sur la poche, se hâte de regagner sa demeure... Dans cette maison vit et respire une aimable créature du bon Dieu, qui partage, et d'une façon bien naturelle, son innocente et dilapidatrice passion..... — vous l'entendez d'ici. Afin de se faire pardonner son retard, il s'écrie joyeusement : — Regardez ce que j'ai trouvé pour cinquante centimes, et il tire le bouquin de sa poche. Mais grands Dieux ! ne s'est-il pas trompé de volume et ce qu'il a payé cinquante centimes — le tome V de la *Science des Confesseurs* — ne les valait même pas. Quand il revint à la boîte, plus d'*Horace*... et c'était bien fait, car il n'était pas digne de l'avoir.

Un faux bibliophile que ce Janin !... il s'est trompé de volume, c'est une grosse étourderie, mais ce n'est qu'une faute, tandis que l'imperfectibilité irrémédiable de Janin, la voici : — Comment, depuis ce quai, qu'il ne peut plus appeler comme autrefois le *quai des bibliophiles morfondus*, jusqu'à son retour à la maison, il n'a pas jeté un pauvre petit coup d'œil sur sa trouvaille inespérée, il ne l'a pas tirée de sa poche vingt fois, trente fois !... il ne l'a pas tirée une ! ! et il se dit bibliophile ; alors, où avait-il la tête, à quoi pensait-il ? Peut-être à ce que deviendrait sa bibliothèque après sa mort, mais il est tranquille à cet égard. Sa femme gardera par piété conjugale, honneur de son toit désert, ces historiens, ces poètes, ces amis, et il prie Dieu de lui laisser dans sa vieillesse la force de les ouvrir quelquefois en souvenir « du fidèle écrivain qui l'entoura, comme il eût pu faire pour sa reine, de son dévouement, de sa reconnaissance et de ses respects ».

Pauvre Janin ! on sait ce qu'il en fut; Mme Jules Janin offrit à l'Académie française la bibliothèque de son mari, mais à de certaines conditions d'aménagement que l'Académie ne put remplir ; elle l'offrit alors à la bibliothèque de l'Arsenal, et, comme déjà elle était malade, elle confia la négociation de cette affaire à une personne qui ne trouva pas plus acceptable la grande belle salle offerte par M. Paul Lacroix que le petit local dont pouvait disposer l'Académie. Mme Janin mourut sans avoir terminé son testament, et ses héritiers s'empressèrent de livrer la bibliothèque aux enchères publiques.

Sunt lacrymæ rerum !

Il paraît qu'il y a là toute une petite histoire intéressante — bien connue des intimes du chalet de Passy — que M. Albert de la Fizelière n'a pas voulu raconter, tout en disant qu'il ne serait pas étonné que, dans l'avenir, un recueil d'*Impressions bibliographiques et littéraires* — encore à faire — *ne mît le dessous des cartes du côté de la lumière.*

Mais pourquoi diable aussi Jules Janin écrivait-il à un jeune séminariste de ses parents : « ... Rappelez-vous ce que vous avez lu; tout ce qui vient des œuvres de ce siècle est une vaine fumée, bonne tout au plus à obscurcir les intelligences honnêtes. Toute cette écrivasserie qui vous paraît belle, vue de loin, si vous pouviez en pénétrer les tristes mystères, vous porterait à la tête et au cœur...

« Prenez donc bien garde de tomber dans ces abîmes, imprudent que vous êtes! ne lisez ni moi ni les autres! Ne lisez pas un livre de ce siècle. JE N'EN CONNAIS PAS DEUX qui méritent les regards honnêtes d'un brave jeune homme qui a conservé la piété, la pudeur, les chastes enivrements de ses dix-huit ans... » Il lui recommande de lire « les maîtres de la pensée et de la conscience, les grands orateurs de l'Orient et de l'Occident, saint Augustin et saint Jérôme, saint Grégoire et saint Ambroise, saint Jean Chrysostome surtout... »

Quand on débite des sornettes de ce calibre, il faut s'attendre à ce qui est arrivé, et la dispersion de la bibliothèque de ce critique sans critique et sans philosophie, n'est que la réponse à cette lettre ridicule.

Écumeurs de bibliothèques

Vous voyez que les bibliophiles sont nombreux et variés ; certes, je ne les ai pas tous passés en revue, mais amant de la vérité, je n'ai rien fait pour dissimuler les légers travers dont ces hommes charmants sont affectés ; seulement, me voici arrivé à un point délicat de mon travail... je dis délicat bien que ce soit un mot risqué pour parler de gens qui ne le sont pas... Oui, disons-le vite et carrément, il y a des voleurs parmi les bibliophiles et, mieux que cela, le bibliophile est à base de filou... bibliophilou, disait Mérimée, je crois. Tous subissent la tentation, mais tous n'y succombent pas..., il y a l'éducation première, les sentiments d'honneur et de probité... quelquefois la religion... les gendarmes surtout !

Le bibliophile qui dérobe un livre qu'il ne peut se procurer que par ce moyen discutable, et sans la possession duquel la vie lui serait promptement à charge, est en grande partie excusable, et a droit à des circonstances atténuantes. Il l'est moins, celui qui, pour son travail, ne craint pas de dérober le livre qui lui est utile, mais il gâte complètement son affaire lorsque, sous couleur de bibliophilie, il continue de s'approprier ainsi tous les livres qui peuvent lui rendre service ou qui lui sont particulièrement agréables et — après en avoir réuni une certaine quantité — file à l'étranger, en Angleterre principalement où les objets d'origine douteuse trouvent trop facilement acquéreur, et réalise. Celui-là est un simple voleur.

Je ne parlerai pas de l'affaire Libri beaucoup trop connue pour qu'il soit utile de la raconter une fois de plus. Je n'ajouterai que deux mots; un rapport de M. Léopold Delisle inséré au *Moniteur* donne certains détails curieux sur la fin de cette affaire. Ainsi, le sieur Libri après avoir fait maintes ventes fructueuses en Angleterre des livres qu'il avait... emportés avec lui, offrit — moyennant finances, bien entendu — 2,000 manuscrits d'abord au British Museum, puis à l'Académie de Turin qui refusèrent craignant probablement de justes revendications. Il les vendit alors 200,000 francs au comte d'Ashburnham par l'intermédiaire d'un conservateur des manuscrits du British Museum, un certain John Holmez, et de M. Panizzi, autre bibliothécaire qui avait été mêlé aux négociations entamées par Libri avec le British Museum. Or, cet établissement, l'Académie de Turin, Panizzi, Holmez et le comte d'Ashburnham savaient parfaitement que ces manuscrits avaient été volés, et volés à la France...; le comte achète néanmoins — ou plutôt à cause de cela — car il faisait une excellente affaire, si exceptionnelle qu'à sa mort, son noble rejeton, qui préférait l'argent aux manuscrits, a cherché à les vendre 2,200,000 francs. M. Léopold Delisle, directeur de la Bibliothèque Nationale en a offert, au nom du gouvernement français, 700,000 francs. Dans un très bon article, Jules Richard s'est élevé jadis contre ce marché et il a peut-être raison; du reste, le jeune comte a refusé, il tient à ses 2,200,000 francs. « Nous avons été volés, dit Jules Richard, indignement volés, conservons notre situation de volés. Elle est meilleure que celle de l'héritier du comte Ashburnham... et constatons pour être juste, que le jeune comte trouve plus de difficultés à vendre les produits des vols Libri que son père n'en a soulevées pour les acheter, il y a donc eu progrès réalisé. »

Oh! oh! les 2,200,000 francs y sont bien aussi pour quelque chose.

***

Après Libri, je ne vois pour lui succéder dignement dans cette nouvelle variété de bibliophiles, que l'abbé Chavin de Malan... Ah! je n'y peux rien, mais c'est un abbé, et croyez qu'il a opéré avec une certaine dextérité pour obtenir la seconde place... dans ce monde où le sieur Libri tiendra longtemps la corde... la seule chose qu'il ait vraiment méritée et que pourtant il n'a pas eue. C'était aussi un passionné de livres que celui-ci ; il s'était mis en tête d'écrire une *Histoire de Dom Mabillon et de la Congrégation de Saint-Maur*, ce qui le perdit. Il était l'enfant gâté des gens d'Eglise et se recommandait de l'archevêque de Paris, des évêques d'Orléans, de Saint-Claude, de Langres, de Rennes ; M. de Falloux et le père Lacordaire lui voulaient du bien ; aussi ce n'est pas étonnant que l'administration de la Bibliothèque Sainte-Geneviève, en dépit de toutes les instructions ministérielles, le laissât fouiller à son aise et à ses heures dans le dépôt confié à sa garde. Il put même, grâce à l'excessive complaisance d'un administrateur très âgé et infirme, M. Robert, dont il avait capté la confiance, venir travailler le dimanche... (travailler le dimanche... un prêtre!... et quel travail!). Il vint à la Bibliothèque pendant les vacances, clefs en main, et visita tranquillement toutes les armoires sous l'œil de Dieu le père. C'est pourquoi il put prendre et emporter ce qui lui paraissait utile et profitable... pour parfaire l'*Histoire de Dom Mabillon*, et sans jamais garder l'arrière-pensée de les remettre en place un jour ou l'autre, comme l'indiquent clairement les grattages, les empâtements destinés à faire disparaître autant que possible les timbres et autres marques caractéristiques destinés à arrêter les prêtres sur la pente savonnée de la tentation. Il lacérait les volumes, quelques-uns même n'ont plus de titre. On sait que les estampes de la Bibliothèque Nationale (car il travailla aussi dans cet établissement) sont marquées d'une petite estampille ovale au bas de l'estampe, mais placée mi-partie sur la gravure, mi-partie sur les marges, de façon qu'on ne puisse enlever impunément ces dernières ; il resterait toujours un fragment de l'estampille sur la gravure ; ce sont des mesures prises contre les voleurs, et dont se riait le saint homme ; il grattait l'estampille plus ou moins bien et collait dessus une petite étiquette ornée des lettres E. C. (Emile Chavin). Le lecteur, désireux d'en savoir plus long sur la manière de travailler de cet E. C. (Etrange Coquin), peut consulter une note très curieuse de M. Ch. Racinet : *De la revendication des livres, estampes*, etc.

Comme l'abbé était pressé par le temps et que certaines fois la charge était lourde, il se faisait aider par un commissionnaire qui portait chez lui tantôt les *Annales* de Baronius, tantôt les *Œuvres de Denis le Chartreux :* 39 volumes in-fol. dûment et solidement reliés ; j'ai dit un commissionnaire, un c'est possible, alors en plusieurs voyages, et il devait connaître le chemin de la Bibliothèque Sainte-Geneviève au domicile de l'abbé. Si je me souviens bien, l'État fit saisir et revendiquer à sa succession 170 ouvrages représentant 269 volumes reliés, des manuscrits, des autographes et plus de deux cents superbes estampes ! bref, 514 pièces qui certainement étaient loin de représenter la totalité des pièces volées.

C'était, comme on dit aujourd'hui, un gaillard qui avait de l'estomac ; amoureux de sa cousine, il jeta le froc aux orties et l'épousa ; M. de Falloux le fit nommer bibliothécaire au Luxembourg, mais Chavin ayant perdu sa femme peu après, rentra dans le giron de l'Eglise et continua de chercher des distractions dans les bibliothèques. Amateur généreux, et sachant qu'il allait faire plaisir à l'abbé Cruice, directeur de l'école des Carmes, il n'hésita pas à lui faire hommage des *Œuvres de Denis le Chartreux*, 17 volumes in-fol., reliés en maroquin rouge et dorés sur tranche; peut-être trouvait-il dispendieux de trimballer ses in-fol. jusque dans le Jura. Toujours est-il que le bon abbé Cruice, honteux et confus d'avoir été si longtemps en possession d'un bien volé, s'empressa d'en faire la restitution lorsqu'il eut connaissance des revendications de la Bibliothèque Sainte-Geneviève.

Mais en somme, direz-vous gens de maintenant, ce prêtre était probablement irresponsable, il obéissait peut-être à une force supérieure, et la preuve c'est qu'il conservait pieusement le fruit de ses vols, car ce n'est qu'après sa mort, à la vente de sa bibliothèque, qu'on découvrit — la faute de l'abbé Chavin. Hélas, non encore!... de son vivant, il vendait ses livres — et il avait raison de les appeler ses chers volumes, car le moins qu'ils pussent lui coûter était sa part de Paradis — à un libraire, le sieur Demichelis, le même qui plus tard, acheta en bloc sa bibliothèque à ses héritiers. Ce libraire, avant d'en faire une vente publique, l'écréma au profit d'Anglais et d'Américains qui emportèrent des pièces sur lesquelles on ne put avoir d'autres renseignements que ceux que voulut bien donner le sieur Demichelis. M. Firmin-Didot lui acheta un *Homère* d'Alde Manuce 3,500 francs qu'il renvoya à la Bibliothèque aussitôt qu'il en connut l'origine, mais Félix Solar se fit tirer l'oreille au sujet d'un *Breviarium romanum* sur vélin ayant appartenu à saint Charles Borromée et qui, pour cela, lui tenait fort au cœur, — étonnant ce Solar! Il l'avait payé 2,500 francs, et il fallut que le tribunal s'en mêlât pour qu'il le rendît. Quant au sieur Demichelis, il argua de sa bonne foi, et par conséquent aussi de son ignorance complète des choses les plus ordinaires de son métier, car il sortit indemne de cette vilaine affaire où il n'y eut de condamné au tribunal de l'opinion publique que feu l'abbé Emile Chavin. Et vraiment pour ce prêtre il n'y a aucune circonstance atténuante, car pendant qu'il volait, il écrivait à propos de son *Histoire de Mabillon* : « Tout l'argent que je pouvais avoir, je l'employais à acheter les ouvrages de Dom Mabillon et de ses confrères ; c'était de bien grands sacrifices pour ma pauvre bourse ; mais aujourd'hui que je contemple ces chers volumes à leur place d'honneur dans ma bibliothèque, j'ai oublié toutes mes privations... etc., etc. »

Quelle tête, devait faire Dieu le père qui, par-dessus son épaule, le regardait écrire !

Cette histoire est suggestive, comme on dit aujourd'hui... Cependant comme je n'ai sciemment jamais induit personne en erreur ou en coupable tentation, je ne voudrais pas que des âmes pieuses et naïves (en restât-il une seule ?...), mais soumises à certaines influences d'hérédité, ou pour parler plus clairement entraînées par un vif désir d'augmenter leur bibliothèque sans bourse délier, pussent croire un seul instant qu'il est facile et sans danger de recourir aux rayons de la Bibliothèque Sainte-Geneviève et de la Bibliothèque Nationale...

Je me crois obligé de les prévenir charitablement que ce temps-là est passé ; intelligemment et savamment réorganisées, la Bibliothèque Sainte-Geneviève et la Bibliothèque Nationale défient aujourd'hui les voleurs de toute robe. Le moindre larcin entraînerait immédiatement l'arrivée brutale d'un gendarme, ce médecin du bon vieux temps qui, peu tourmenté de l'*irritante énigme* et plus heureux que ces doctes confrères, guérit quelquefois le mal et en prévient souvent le retour.

*
* *

Maintenant, comment oserai-je présenter après ces deux illustrations Libri et Chavin, un pauvre diable de laïque qui s'est laissé aller à la tentation...; il est vrai qu'ici encore, le fait est accompagné d'un éclatant abus de confiance, car mon homme était *conservateur* de la bibliothèque qu'il avait mise au pillage. Cela se passait à Troyes — en Champagne — comme disent les Champenois qui ont toujours peur d'être confondus avec les héros d'Homère. Le bibliothécaire de la ville était un ancien professeur du collège de Troyes, homme instruit, érudit même et très apte à remplir les fonctions qui lui étaient confiées ; il avait été nommé bibliothécaire en 1842, et, dès l'année 1848, lors de l'instruction de l'affaire Libri, il fut constaté que des livres rares appartenant à la bibliothèque de Troyes avaient été vendus à l'étranger.

Je ne sais quel train menait ce bibliophile, mais des *dépenses secrètes* occasionnées par les *irrégularités de sa vie* et auxquelles ses ressources personnelles ne pouvaient suffire, éveillèrent les soupçons des Troyens. La municipalité de Troyes nomma un conseil de surveillance avec lequel le bibliothécaire M. Harmand fit naturellement mauvais ménage. Les choses en restèrent là pendant dix-huit ans, lorsqu'en 1866 un libraire de Troyes nommé Charles Dufey publia une série de catalogues de livres rares en vente chez lui, catalogues dont la rédaction témoignait de connaissances bibliographiques que ce bibliopole n'avait pas ; des bibliophiles se demandèrent comment ce méchant petit libraire de province avait pu se procurer de semblables raretés! C'était effectivement un coup osé qui montrait en quel mépris le sieur Harmand tenait les Troyens à qui il ne craignait pas d'offrir en vente les livres qu'il avait volés dans leur bibliothèque. Il n'y avait donc pas à Troyes un seul bibliophile un peu au courant de ce que possédait ce dépôt, autrefois si glorieux de ses richesses. Les premiers soupçons, qui s'étaient endormis dix-huit ans, rouvrent l'œil et le concierge de la bibliothèque raconte alors que plusieurs fois il a vu le libraire Dufey sortir de chez M. Harmand avec des charges de livres..., et chose plus grave, il a vu aussi M. Harmand entrer et sortir de la bibliothèque par la fenêtre, — la municipalité défiante, mais qui voulait dormir sur ses deux oreilles, ayant supprimé une communication beaucoup plus facile qui reliait la bibliothèque au domicile de son conservateur.

Ce qui suit est tout simplement stupéfiant ; il faut être de Troyes — en Champagne — pour prendre les choses aussi... philosophiquement. Les Troyens sont des moutons, disait-on jadis (quatre-vingt-dix-neuf moutons et un Champenois... on connaît le proverbe)... des moutons... des agneaux, l'étymologie grecque (αγνος : innocent) l'indique suffisamment. En 1848, ils s'aperçoivent que des livres de leur bibliothèque ont été vendus à l'étranger, les *irrégularités* de vie de leur bibliothécaire leur signalent assez quel est l'auteur de ces méfaits ; du reste ils s'en doutent (ils sont si malins !), et mettent M. Harmand en telle suspicion, que le conseil de surveillance supprime une porte mais laisse ouverte une fenêtre, par laquelle ledit bibliothécaire entre et sort de sa bibliothèque selon son envie et aux heures prohibées... Eh bien, lorsque la boutique du sieur Dufey est pleine de livres volés à leur bibliothèque, les Troyens n'osent ni livrer à la justice, ni mettre à la retraite le bibliothécaire... infidèle, en raison des grands services qu'il avait rendus, dit-on ; mais furieux de ce scandale, ils se contentèrent de chasser le portier révélateur... Trop bons d'un côté, mais odieux de l'autre.

De nouvelles disparitions de livres ont lieu ; parbleu ! *Dementat quos vult perdere Jupiter....* Enfin le conseil de surveillance se décide en 1873 à donner signe de vie ; on nomme des experts, MM. Ludovic Lalanne et de Montaiglon qui rétablissent le catalogue de la bibliothèque de Troyes tel qu'il était avant les modifications intéressées que lui avait fait subir le sieur Harmand ; puis ils dressent une liste des livres volés, liste considérable dans laquelle figurent naturellement les pièces les plus rares, des incunables... bref, le meilleur de la bibliothèque, à la suite de quoi Harmand fut traduit devant les tribunaux.

Il se défendit avec impudence, se dit victime des savants de Troyes ; il plaida sa cause de façon fort piquante et mit tellement les rieurs de son côté (ces Champenois sont surprenants !) que les faux furent écartés — et il y en avait ; on ne retint que sept chefs de détournement — quand on pouvait les remuer à la pelle ; bref, on lui accorda des circonstances atténuantes — et il n'y en avait pas !

Il fut condamné à quatre ans de prison.

Quant au portier révélateur, l'histoire ne dit pas ce qu'il devint ; il mourut probablement dans la misère... voilà ce qu'on gagne à sortir de ses attributions, il n'avait pas à garder ni à regarder la fenêtre..., mais la porte, on le lui fit bien voir.

Il y a dans cette affaire un curieux rapprochement à établir ; pendant que M. Harmand volait de la main gauche, il écrivait de la droite un article très vif contre l'ancien ministre Chaptal, M. Chardon de la Rochette et le Dr Prunelle, médecin du roi, qu'il accuse d'avoir enlevé des volumes de la bibliothèque de Troyes pour les transporter à la bibliothèque de Montpellier, leur pays natal à tous les trois, et il les malmène durement, surtout le Dr Prunelle. Pour les gens qui ne sont ni de Troyes ni de Montpellier, l'affaire est de minime importance ; savoir que les manuscrits du président Bouhier se trouvent à Montpellier quand ils devraient être à Troyes... c'est un changement de bibliothèque, c'est une ville favorisée au détriment d'une autre, voilà tout. Mais il faut entendre le sieur Harmand, lui qui vole les livres de Troyes, qui les vend à tout venant, Français ou étranger, pour se faire de l'argent de poche ; il a des larmes dans la voix lorsqu'il parle de ces trois « misérables » qui, poussés par l'amour du clocher, ont opéré en 1804 le fameux déménagement de la collection Bouhier...

La fausseté, l'hypocrisie sont choses plus répugnantes que le vol lui-même ; M. Louis Paris du *Cabinet historique* y a été pris, et il s'écrie... « Laissons parler maintenant M. Harmand, le savant, le chaleureux, le zélé bibliothécaire actuel de la ville de Troyes ! ce n'est pas lui qui eût sanctionné par sa présence les faits qu'il va nous raconter. »

Une main sacrilège, dit Harmand, non seulement saisit cent soixante-dix joyaux de la collection Bouhier, « mais ose encore arracher à leur terre natale pour les jeter sur un sol étranger *(à Montpellier !)* ceux que nous tenions de la pieuse munificence de nos vieux Pithou, que nous environnions d'une sorte de culte depuis plusieurs siècles et auxquels nous devions être attachés, comme nous le sommes à nos anciens monuments, à nos vieilles églises ». Il appelle cela une spoliation odieuse et livre à l'animadversion troyenne les noms de Prunelle, Chaptal et Chardon de la Rochette... qui — et je ne fais aucune difficulté de le reconnaître — avaient eu tort en cette occasion.

Mais les larmes d'Harmand sont des larmes de crocodile, et si les manuscrits du président Bouhier sont encore en France, c'est bien à l'heureuse inspiration de nos trois enfants de l'Hérault qu'on le doit ; quant aux Troyens, il est permis de croire qu'ils les eussent laissé vendre comme le reste, — par bonté d'âme.

*
* *

Terminons ce vilain chapitre, par la courte histoire d'un savant peu détaché des choses de ce monde, car il vendait ce qui ne lui appartenait pas ; mais son cas est loin d'être aussi limpide que les cas précédents, et n'était-il après tout qu'un excentrique ? — moins excentrique pourtant que le gouvernement qui lui donnait mission sur mission, enchanté, paraît-il, de la façon dont il s'en acquittait. Il s'appelait Minoïde Mynas, était Grec de naissance, — de profession, peut-être, mais c'était certainement un savant ; M. Villemain l'avait envoyé en Grèce et en Asie Mineure visiter les fameux monastères ; il en avait rapporté quelques manuscrits très importants, entre autres celui des *Fables de Babrius* et celui du *Traité de Philostrate*. Loin de les donner à la France à laquelle ils revenaient de droit, puisqu'ils étaient le résultat de la mission confiée à ce particulier, notre savant préféra les vendre au *British Museum* qui — connaissant la mission — ne s'empressa pas moins de les acheter.

Un peu plus tard, comme le gouvernement français venait de donner une nouvelle mission à ce Grec qui les remplissait si bien, celui-ci, avant de partir, fit remettre au ministère un pli cacheté, contenant, disait-il le manuscrit de Philostrate. Or, lorsqu'on ouvrit le pli, le Grec était loin et le manuscrit aussi, car il n'avait laissé qu'une copie de sa main, annotée et surchargée. Ce singulier savant refusa même de communiquer l'original à M. Daremberg chargé par le gouvernement de publier ce traité. Ceci a son explication : Si Minoïde Mynas ne se réservait pas la propriété du Philostrate, il voulait au moins en avoir la jouissance exclusive, et depuis il en a donné une édition dont le texte diffère notablement de celui qu'il avait remis au ministère. C'était vraiment se moquer du ministre qui le payait. Tout cela ne l'empêcha pas de mourir tranquillement chez lui, à Paris, où le gouvernement vigilant et soupçonneux fit mettre les scellés afin de voir s'il n'y avait pas lieu de revendiquer quelque chose.

Il était bien temps.

Croyez-vous maintenant que le bibliophile, le

vrai bibliophile qui subit la tentation de voler un livre, un seul, sans lequel la vie lui serait insupportable, qui y cède et meurt avec ce gros péché sur la conscience, les yeux fixés sur ce livre qui n'est jamais sorti de sa bibliothèque... soit vraiment si coupable ? Il me semble qu'après les messieurs dont nous venons de vous entretenir, on serait heureux de le rencontrer, de lui ôter son chapeau et, ma foi, de l'assurer de son estime toute particulière.

∴

Nous avons parlé du peu de scrupules des Anglais en matière de propriété... littéraire et artistique, certains Allemands ne sont pas non plus d'une délicatesse exagérée ; ainsi en 1865, l'Académie des inscriptions signale à la réprobation du monde savant un acte que les honnêtes gens de tous les pays flétriront comme il mérite de l'être. M. Auguste Mariette (Mariette-Bey) a fait récemment une découverte du plus haut intérêt historique en déblayant le grand temple d'Abydos, il a trouvé une table gravée sur les murs d'une petite salle... Il se disposait à publier cette table précieuse quand il apprit avec stupéfaction qu'elle venait de paraître à Berlin et que son nom n'était même pas mentionné dans cette publication. Une copie de ce document lui avait été volée et immédiatement envoyée en Allemagne.

Cela rappelle un peu l'aventure plus grave arrivée à M. Boissonade qui la racontait plaisamment; il avait reçu la visite d'un savant allemand, chacun avait parlé de ses travaux, de ses projets, on avait échangé des vues, et M. Boissonade lui avait raconté qu'il allait publier certain écrivain grec fort curieux et tout ce qu'il y a de plus inédit, dont il était en train de copier les manuscrits. Il n'avait pas achevé que le traître prend congé, court à la Bibliothèque, copie plus vite que M. Boissonade ce manuscrit que celui-ci disait presque sien — à cause de son commerce prolongé avec lui, et l'édition de l'Allemand précède la sienne... — Franchement, disait l'excellent M. Boissonade, qui ne donnait pas le nom du drôle, est-ce bien, ou plutôt n'est-ce pas très mal! On crut un instant que le coupable était feu M. Bachmann..., il paraît que non, et M. Frédéric Dübner raconte que le professeur Fleck écrivait à cette époque à un ami de Paris : « Voilà donc mon ouvrage de géant en cinq parties : deux volumes de voyages, trois volumes fruits de mes voyages ou *Anecdota sacra itineribus italicis et gallicis collecta* chez Barth. Les *Anecdota* contiennent entre autres (p. 113 à 140) le *Testamentum Salomonis*, DAS ICH BOISSONADEN WEGGEKAPERT HABE. »

— Je ne sais pas assez le français, dit M. Fréd. Dübner (un brave et honnête Allemand, celui-là!) pour pouvoir rendre toute l'énergie cynique de ces paroles...

Oh! les Allemands peuvent sourire, j'en citerais d'autres si je voulais; ils n'ont pas que M. Fleck comme personnage de délicatesse douteuse, je me souviens d'un docteur Lindner, professeur à l'Université de Leipzig, qui fut condamné à huit ans de prison avec travail forcé pour lacération et vols nombreux de livres et de manuscrits appartenant à la Bibliothèque publique de Leipzig, etc., etc.

Au *British Museum* de Londres, sont exposés dans la grande salle de lecture deux volumes richement reliés, mais ornés d'une pancarte indiquant que ces deux livres ont été mutilés et déchirés avec connaissance de cause par un des lecteurs, et que si on se surveillait un peu les uns les autres, de pareils faits n'arriveraient pas. Ceci est évidemment très pratique, mais heureusement nous préférons encore le mal au remède — affaire de mœurs.

Tout ceci soit dit pour prouver qu'il n'y a pas qu'en France...

*
* *

Mais je m'aperçois que jusqu'ici, je n'ai guère présenté que le bibliophile, le savant mal avisé, suffisant, vaniteux, rageant, bataillant... et volant, c'est le côté noir de la profession, mais il est d'autres savants, d'autres bibliophiles et des côtés plus plaisants...; seulement, il me faudrait un volume pour raconter les amusantes sorties de M. Hase, bedonnant et majestueux qui, dans son cabinet chauffé à 30 degrés, se dépouillait petit à petit de tous ses vêtements et travaillait ainsi — nu, mais chastement enveloppé de sa grande houppelande — jusqu'à deux heures du matin. Jupiter en robe de chambre.

Un jour, il reçoit la visite d'un jeune savant étranger : — Le lendemain de mon arrivée, dit celui-ci, je suis venu vous présenter mes devoirs, vous n'y étiez pas, mais j'ai eu l'honneur d'être reçu par Mme Hase...

M. Hase, l'arrêtant d'un geste bienveillant, lui dit avec son horrible accent tudesque et tout en scandant péniblement ses syllabes : — Il n'y a pas de ma-da-me Ha-se, di-tes ma con-cou-pine.

On se représente l'effarement du jeune savant.

Puis les petits dîners chez le père Lathuile ; — les frasques du gros Dübner ; — les entretiens gaulois de M. Boissonade avec M. Lenormant ; — l'histoire de M. Egger et de son valet de chambre au château de Compiègne ; — et nombre d'anecdotes sur le sac et le chien mouton du comte de Labédoyère, tous les trois bien connus, du quai Voltaire au quai Saint-Michel. Ce même comte de Labédoyère qui, une fois, croyant être fatigué de ses livres, les vendit, puis passa le reste de sa vie à courir après dans les ventes et à les racheter à tout prix comme autant d'enfants prodigues qui auraient fui de la maison paternelle.

Un autre type, M. Auguste Veinant, qui signait de son anagramme Gustave Aventin, fournirait aussi quelques pages. C'était un grand sec, voûté, qui « dépensait plus d'argent pour la toilette de ses livres que pour la sienne » et dont tous les bibliophiles connaissaient bien la vaste redingote d'alpaga pourvue de poches in-fol. Son portrait-charge figure sur le titre de la *Bibliotheca scatologica*, c'est le personnage à droite courbé en deux et appuyé sur une béquille... — pourquoi? puisqu'il n'était pas boiteux.

Et M. Héliodore-Sagesse-Vertu Garcin de Tassy

> Cet homme fameux en Provence,
> C'est l'Indien Garcin de Tassy.
> Il n'est pas grand, et sa science
> Par malheur est petite aussi.

a dit un malin qui, vous pouvez en être sûr, n'a jamais lu une ligne de M. Garcin de Tassy... ; mais c'est ainsi dans les lettres !

Paravey... *membre du Corps de génie*, disaient ses cartes de visite, petit homme à la figure vive, éveillée, et dont les cheveux étaient retenus sur le devant par deux petits peignes d'écaille ; on le rencontrait se promenant à cheval aux Champs-Elysées, une pile de livres attachés derrière lui ; — Antony Méray à la recherche d'ancien maroquin, ramassant chez les brocanteurs, à la grande stupéfaction de Castagnary, de vieilles bottes arabes qu'il transformait en reliures bizarres ; — Achille Genty, un original, bibliophile et libraire qui annonçait ainsi des livres dans son catalogue : *Poésies persanes*, 30 francs, *extraordinairement piqué; on ne saurait, si l'on n'a vu l'intérieur de ce volume, se figurer jusqu'où s'étend l'ingéniosité des vers, c'est le plus curieux specimen de leur savoir-faire.* Autre volume : *Maximes politiques* mises en vers par l'abbé Esprit; M. Genty, constate, en insistant, que cet ouvrage n'est qu'un recueil de banalités mal rimées, dans lesquelles cependant on trouve quelques *platitudes curieuses ;* et, il ne s'est fait l'éditeur de *La fontaine des amoureux de science*, poème du XVe siècle que par respect pour la tradition, car il le trouve assommant...

Etc., etc., etc.

Je voudrais bien qu'on ne crût pas que la France soit seule à avoir le monopole de tous ces fantoches; les autres pays ont souvent même mieux à nous offrir; pour n'en citer qu'un, je présenterai le baron Weestreenon de Tiellandt, célèbre bibliophile bien connu dans les Pays-Bas, chevalier de l'ordre du Lion néerlandais et directeur de la Bibliothèque Royale. Pendant les quarante ans qu'il mit à former sa bibliothèque particulière, il ne la montra à personne, pas même à son intime ami M. Holtrope. Un jour, enfin, il annonça à deux amis qu'il allait pouvoir les admettre à contempler ses merveilles, ses trésors, etc. ; mais il fallait pour cela qu'ils se soumissent complaisamment aux conditions suivantes : la voiture du baron irait les prendre, parce que l'atmosphère pouvait être ce jour-là chargée d'humidité. Avant d'entrer dans son cabinet, ils changeront de costume, mettront chacun une robe de chambre (il en a deux toutes neuves pour cet usage), un bonnet et des pantoufles, leurs vêtements et leurs chaussures ordinaires pouvant introduire de la poussière — la chose la plus pernicieuse pour les livres. Ce sont, du reste, des précautions auxquelles il se soumet lui-même. Les deux amis acceptèrent, mais ce fut inutile ; il traîna la chose en longueur et finalement mourut, laissant cependant sa fameuse bibliothèque à l'Etat, mais avec des stipulations qui n'avaient d'autre but que d'écarter autant que possible de ses diables de livres les malheureux lecteurs.

Et cent autres encore Anglais, Allemands, Italiens avec beaucoup d'etc.

Ils se sont endormis
dans l'amour
du livre

Il m'en coûte de les quitter, et je veux en accompagner quelques-uns jusqu'au cimetière, non pas de ceux qui, après être morts — de leur bolle mort — chez eux, tranquillement, doucement, le livre aimé à la main, s'en vont avec la croix et la bannière, mais de ceux qui ont apporté quelque fantaisie dans leur profession de savant et de bibliophile, et ont payé parfois chèrement la vie bizarre qu'ils s'étaient faite à tort ou à raison.

Tous les lettrés connaissent les deux éditions de *Rabelais* de Stanislas de l'Aulnaye, mais de ceux qui restent aujourd'hui combien peu ont connu ce personnage. Il avait quatre-vingt-deux ans qu'il travaillait encore à sa seconde édition, il habitait rue Saint-Hyacinthe, près de la place Saint-Michel, une mansarde où il n'y avait qu'un grabat et une chaise; — des livres en tas et des paperasses gisaient à terre. Il ne sortait guère de son lit que pour aller chez le marchand de vin voisin, chercher un peu d'eau-de-vie, ce qui était le fond de sa nourriture.

Un voleur, qui se trompait évidemment, voyant un jour la clef sur la porte, entra et lui prit son pantalon qui était pendu dans l'entrée; de l'Aulnaye dormait et ne s'aperçut que plus tard de cette catastrophe qui allait changer ses habitudes; aussi lorsqu'il entendait venir quelqu'un, il criait : — Eh bien, me rendez-vous mon pantalon, que je puisse enfin sortir. Lorsque l'apprenti de la maison Didot lui apportait des *épreuves*, il lui disait — toujours de son lit : — Petit, tu trouveras une pièce de dix sous dans mes souliers; va voir si mon pantalon est au porte-manteau...; s'il n'y est pas, descends chez le liquoriste et achète-moi pour dix sous d'eau-de-vie pendant que je corrigerai ton épreuve. M. Paul Lacroix, à qui j'emprunte une partie de ces détails, racontait encore que le libraire Louis Janet, instruit de la détresse du vieux savant, lui envoya un pantalon neuf qui fut déposé au pied du lit. A son réveil, de l'Aulnaye poussa un cri de joie : — Cette fois-ci, dit-il, on ne me le prendra plus car je coucherai avec; et il s'empressa de le mettre sans s'apercevoir de la substitution.

Il s'occupait aussi de l'examen critique du *Rabelais* publié par Esmangard et Eloy Johanneau : — Il me faudrait, disait-il en riant, bien des volumes in-8° pour relever les bourdes et les âneries qui distinguent cette édition *variorum* que je propose d'appeler édition *aliborum*.

Il avait été fort riche ; après avoir dépensé gaiement sa fortune, il s'était mis courageusement au travail ; il écrivait sans cesse, était fort instruit, et sa mémoire prodigieuse lui tenait lieu de bibliothèque. La liste de ses œuvres est assez longue, on y trouve des ouvrages sur la musique et une *Histoire générale des religions* qui faisait dire à M. Bressolles d'Auvillars : — De l'Aulnaye était un érudit plus propre à commenter Rabelais qu'à traiter des religions.

Il vécut encore dix ans — après les dix sous dans les souliers — et mourut à Sainte-Périne à l'âge de quatre-vingt-douze ans.

Tous les manuscrits qu'il laissait furent perdus, entre autres un *Essai de bibliographie encomiastique* ou bibliographie des *Eloges* qui ont pour objet les choses et les personnes ; il comprenait cinq mille articles qui eussent formé quatre volumes in-8°. On en trouve de curieux extraits dans le *Rabelaisiana* qui termine le glossaire de sa seconde édition de *Rabelais*. C'est en cherchant ce manuscrit et d'autres que M. Paul Lacroix apprit que les papiers des gens de lettres qui meurent — sans famille — dans des maisons de santé, hospices, etc., reviennent au Domaine qui les fait vendre, comme il l'entend, c'est-à-dire au poids — ce qu'ils valent probablement, mais ce qu'en tout cas M. le Domaine n'est pas apte à juger. Il reçut une lettre de M. Varnier, alors directeur de Sainte-Périne (1856), lui annonçant qu'il n'avait rien trouvé, que tous les manuscrits de de l'Aulnaye avaient dû être vendus, comme l'avaient été plus tard une pièce en cinq actes de M. de Montverand et les *Anecdotes de l'ancienne Cour*, les *Observations sur les finances d'Angleterre*, etc., ainsi que le *Récit d'un voyage en Angleterre* de M. Leroy de Petitval. Cela n'arrive plus aujourd'hui grâce à la bibliothèque de Sainte-Périne fondée, je crois, par M. Uginet, ancien attaché à la maison de Louis-Philippe.

*
* *

Le journal *le Droit* du 15 mars 1856 annonçait que M. Alexandre Timoni, homme de lettres, avait été trouvé mort chez lui, rue des Vieux-Augustins, 7, mort littéralement de faim : « Ce n'était pas, disait ce journal, la misère qui avait pu tuer ce savant, car il jouissait d'une belle fortune; mais absorbé par l'amour de la science, il oubliait que l'homme a un corps à nourrir et il restait souvent plusieurs jours sans manger. »

On va voir combien ce récit était inexact; M. Jules Blancard, ancien secrétaire de l'Ecole d'Athènes, qui connaissait la misère de Timoni a donné sur lui quelques détails intéressants. Timoni était né à Constantinople d'une famille grecque et avait été agent consulaire à Erzeroum pendant plusieurs années, mais l'amour de la science lui avait fait tout quitter pour se livrer à l'étude des langues, et on sait combien cette étude est passionnante. Il en savait, dit-on, une vingtaine — de quoi être fou, et, depuis dix ans, habitait Paris où on ne le rencontrait guère que dans les bibliothèques ; une petite rente sur un immeuble de Constantinople l'empêchait seule de mourir de faim. C'était un brave homme, incapable de mendier ou de se procurer de l'argent par des moyens indélicats; il avait cherché à donner des leçons mais n'avait trouvé qu'un élève, un Arménien à qui il enseignait le grec moderne et qui le payait en lui apprenant à son tour à bien prononcer l'arménien.

Un mois avant sa mort, Timoni ayant prié M. Blancard de le mener en consultation chez un médecin et n'étant pas venu au rendez-vous, M. Blancard alla rue des Vieux-Augustins où il trouva le savant dans son pauvre logis, sans feu, assis devant sa table au milieu de ses livres et de ses paperasses, — grelottant dans une guenille qui jadis avait été un manteau. « Je n'ai pas froid, dit-il à M. Blancard qui lui faisait des offres de service, je ne fais jamais de feu et quand la température est plus rigoureuse, j'ai un autre manteau tout neuf. Je me trouve mieux à présent ; j'irai pourtant chez le médecin avec vous ; j'ai voulu pourvoir à des besoins plus pressés ; j'ai été me confesser (*c'était un catholique fervent*) et je viens de faire mon testament. »

A son concierge qui, pris de pitié en le voyant passer exténué, amaigri, lui offrait un bouillon et un verre de vin, il répondait doucement : « Mon ami, les philosophes savent se passer de ces choses-là. » La petite pension n'arrivait pas, il l'attendait anxieusement mais n'en soufflait mot à personne. Il ne s'est pas alité et n'a pas même gardé la chambre ; presque jusqu'au dernier jour, il alla travailler dans les bibliothèques ; un matin, le concierge ne le voyant pas paraître monta à sa chambre et le trouva, comme toujours, assis devant sa table, mais la tête tombée sur ses manuscrits. Il était mort... de n'avoir pas mangé depuis bien des semaines.

Quelques heures après sa mort, arrivait la petite rente qu'il n'avait pu attendre plus longtemps. Cette rente, il la laissa par testament à l'église des Petits-Pères, ainsi que de précieux manuscrits à la bibliothèque Mazarine. Il avait environ 2,000 volumes et quelques objets d'art qu'il a aimés jusqu'à la mort et qu'il ne lui est pas venu à l'idée de chercher à vendre — pauvre savant ! — afin de durer un peu plus.

Son concierge et son élève l'Arménien l'accompagnèrent seuls à sa dernière demeure... « le malheureux est toujours seul, » disait-il souvent.

J'ai eu la sotte curiosité de vouloir lire quelques

satires de notre savant, entre autres *Le journaliste foulé aux pieds par un brocanteur; rapprochement burlesque des travaux d'Hercule avec ceux d'un mauvais gazetier*, pauvre pièce de vers dans laquelle l'auteur se qualifie de *membre de plusieurs sociétés savantes, auteur de divers ouvrages, ce qui, dans le dictionnaire des plus rares génies est le synonyme parfait de brocanteur*... Je dis que ma curiosité fut une sottise, car je faillis perdre un peu, non pas de la compassion profonde que m'inspirait ce malheureux savant, mais de la sympathie qui l'accompagnait.

Infortuné polyglotte, sa manière d'interpréter le mot brocanteur ne donne pas une haute idée de sa possession de la langue française; s'il en était de même pour les dix-neuf autres langues — qu'il entendait?... quel gâchis!

*
* *

Ah! tous les savants ne meurent pas comme J.-Ch. Brunet, assis dans son fauteuil au milieu de ses livres, s'éteignant après une longue vie toute consacrée à s'assurer par le travail une honorable indépendance et pouvant dire de lui-même : « ... si le caractère et l'esprit ont été souvent dominés par le tempérament, si par conséquent, je suis resté un homme médiocre, je ne dois pas regarder cela comme un malheur, puisque j'ai été préservé de l'ambition qui trop souvent tourmente les esprits plus brillants et plus ardents que le mien, et que satisfait d'une modeste fortune, fruit de travaux utiles, j'ai pu jouir d'une douce indépendance et couler des jours paisibles, au milieu des agitations qui ont renversé à côté de moi, tant d'existences en apparence dignes d'envie. »

Ils sont rares ceux qui peuvent en dire autant.

Voici J.-F. Chenu, bibliophile distingué, qui publia de charmantes éditions, la joie des amateurs, ce qui ne l'empêcha pas de mourir pauvre, après toute une vie de privations. Comme des amis l'engageaient à se donner un peu de bon temps... — Me reposer, répondit-il, je ne le puis, je n'ai pas mille francs de rente. Et lui aussi préféra mourir au milieu de ses livres que de les vendre pour augmenter son petit revenu.

Gabriel Peignot, après soixante ans de travaux remarquables et remarqués, laissa sa famille dans une telle situation qu'au bout de vingt ans (je précise, car la chose est singulière, Peignot est mort en 1849), le bibliophile Jacob, Gustave Brunet (de Bordeaux) et Pierre Deschamps durent provoquer une souscription, le 1er février 1869, pour venir en aide à Mme Peignot et à ses enfants. Les mêmes bibliophiles, ou à peu près, avaient déjà fait deux souscriptions en faveur de Quérard, l'une pour le faire vivre, l'autre pour le faire enterrer.

Ceux-là étaient des travailleurs; voici deux bibliophiles amateurs dont la mort fut entourée de circonstances assez bizarres; M. de Soleinne, grand collectionneur de pièces de théâtre, tomba mort en plein soleil, au moment où il montait en omnibus. Rien sur lui ne le faisant connaître, il fut transporté à la Morgue et eut finalement le convoi du pauvre. Il laissait une fortune considérable. C'est du moins tout ce que je trouve dans le *Bulletin du bibliophile*, malgré les invraisemblances et les impossibilités que ce récit renferme. Quant à l'autre collectionneur, M. Motteley, il mourut de la vraie mort du bibliophile ; c'était un amateur enragé et jaloux, chaque porte de son appartement était garnie d'une serrure à secret, et la porte d'entrée, outre la serrure ordinaire, était encore agrémentée d'un énorme cadenas. Il recevait fort peu n'aimant pas les visites, et se refusait obstinément de faire à sa demeure les réparations les plus urgentes, dans la crainte d'un contact imprévu mais possible entre des ouvriers aux mains blanches de plâtras et les superbes reliures de ses livres, lesquels furent seuls témoins de sa mort — qui arriva brusquement au milieu de la nuit. Son cabinet valait bien 100,000 francs, mais on ne découvrit chez lui qu'une somme à peine suffisante pour le faire enterrer..., et, lui aussi, eut le convoi du pauvre sans chien, sans amis, sans parents. C'est peut-être payer bien cher l'amour des belles reliures.

Ironie de la destinée! en une nuit — comme celui qui les avait tant choyées — mais en une nuit terrible, épouvantable, la nuit du 23 au 24 mai 1871, ces belles reliures disparurent toutes emportées dans les tourbillons d'une tempête de feu et d'eau...

*
* *

Quelque temps avant Timoni, était mort un autre étranger qui, depuis longtemps, habitait la France; il s'appelait Kasangian, était Arménien et travaillait à un formidable dictionnaire arménien-français... je dis formidable, car il y travailla toute sa vie et, s'il n'était pas mort, y travaillerait encore. On ne le rencontrait dans Paris qu'aux heures auxquelles était fermée la Bilbliothèque de la rue Richelieu; il était maigre, osseux, décharné; sa vilaine tête sortait d'une longue robe noire à larges manches et était coiffée d'une petite calotte verte sur laquelle il mettait parfois un chapeau gibus, — ce qui n'était pas d'un effet très heureux. Mais les soins de sa personne l'occupaient peu; tout chez lui était pris par ce satané dictionnaire, auquel collaboraient plus ou moins les loustics de la Bibliothèque.

Il m'arriva un jour me priant de lui traduire un passage russe... — M. Kasangian, ce serait avec plaisir, mais... c'est que je ne sais pas le russe, — Oh! que si. — Je vous assure que non; et, comme il insistait plus que de raison, je lui demandai la cause de cet acharnement. Alors Kasangian me raconta qu'un monsieur, à qui on l'avait adressé par erreur, lui avait dit en me montrant : — Vous voyez bien ce monsieur là-bas à côté de qui il y a une place libre, eh bien, c'est celui-là qui sait le russe ; seulement, il n'aime pas à être dérangé, il vous répondra que c'est encore une erreur, qu'il ne sait pas le russe..., mais insistez ; il s'entêtera, tenez bon... c'est à celui qui ne cédera pas qu'appartiendra la victoire.

— Tenez, dis-je à Kasangian, vous avez été victime d'une *fumisterie,* ce monsieur est ce que nous appelons un de nos joyeux *fumistes*... Ah ! sapristi ! ne voilà-t-il pas Kasangian qui griffonne sur un papier les mots *fumiste* et *fumisterie,* que je lui explique tant bien que mal, et qui veut bon gré mal gré en enrichir son dictionnaire. En même temps, je l'engageai à se méfier beaucoup des renseignements qu'il récoltait ainsi de chaise en chaise. Comme il était quelque peu *raseur*, on se le renvoyait de l'un à l'autre — malheureusement il avait confiance en moi et venait en dernier ressort me soumettre ses perplexités à l'égard de *faignant* pour fainéant, *ormoire* pour armoire, *collidor* pour corridor, *canifle* pour canif, etc. J'en ai cependant retiré cette observation, c'est que la locution vicieuse lui paraissait — d'instinct — toujours préférable à l'autre.

Après sa course aux renseignements, il retournait à sa place encombrée de livres, copiait, collationnait et faisait un petit somme qu'avait soin de toujours interrompre brutalement un imbécile de garçon de salle — qui avait été gendarme, et l'était encore ; — il lui criait : — On ne vient pas dormir ici !...

Il habitait rue du Faubourg-Poissonnière une pauvre chambre sous les tuiles et chaque matin disait la messe (car il était prêtre) à l'église Saint-Eugène où ses charitables confrères lui avaient laissé la messe la plus pénible, la messe de six heures. « En plein hiver, a dit M. Claretie avec émotion, le pauvre Kasangian se levait grelottant, s'enveloppait dans sa houppelande, descendait tout gelé dans la rue dont le gaz s'éteignait et glissant sur le verglas allait doucement dire sa messe, tout seul, dans sa petite chapelle froide et sombre. »

Sa récréation était, au sortir de la Bibliothèque, de faire un grand tour pour regagner sa chambrette où il s'attelait de nouveau à son dictionnaire. Quand il mourut, ce n'était plus qu'une ombre et la mort n'eut qu'à souffler légèrement pour la faire disparaître.

C'était un honnête homme celui-là ! et qui n'avait rien de commun avec le sieur Brutus Libri-Carrucci dont nous avons parlé plus haut ; je ne sais pas comment est mort Libri, et du fait je n'ai nul souci, mais le dernier hommage qu'il reçut est assez inattendu pour trouver ici sa place. Un jour que Philarète Chasles visitait Fiesole, il entra dans la vieille cathédrale moitié pour échapper aux importunités de petites mendiantes à qui il venait d'acheter un bouquet, moitié pour voir certaines statues : « Un cercueil, dit-il, m'empêcha d'approcher; selon la mode italienne, le cercueil était ouvert! je regardai l'homme mort, c'était Libri! je fus longtemps devant ce cadavre! Enfin, je déposai le bouquet des petites filles sur le bois du cercueil et je m'en allai plus rêveur que jamais. » C'étaient rêveries de caïman, car elles ne lui inspirèrent que les réflexions suivantes : Libri n'avait qu'un *défaut*, il était essentiellement voleur, « il l'était comme on l'est dans ce pays délicat, voluptueux, exquis, — par gentillesse, gentilezza, par subtilité, par bonheur de la manœuvre secrète, encore plus que par cupidité. Il l'était encore par délices et avec grandeur... ».

Allons..., on peut dire du petit bouquet ce que disait Ninon de son billet à la Châtre.

*
* *

Voici un autre lettré, Michel Désiré, philologue érudit, qui avait été répétiteur de première classe à l'Ecole Normale, puis agrégé des classes supérieures au collège Saint-Louis; ne trouvant pas dans l'instruction publique la récompense à laquelle il pensait que ses travaux lui donnaient droit, il fut pris d'un profond découragement et chercha dans l'intempérance l'oubli de ses ambitions légitimes. Il était entré comme correcteur aux *Ateliers catholiques* de l'abbé Migne et y préparait des éditions qui sont assez estimées, dit-on. Ce malheureux homme, tombé de plus en plus dans la dégradation, était arrivé à *tirer des bordées* pendant lesquelles il ne *dessoûlait* pas, comme on disait aux *Ateliers catholiques* du Petit-Montrouge; et, c'est entre deux cuvées, que revenu un instant à lui-même et se voyant tel qu'il était — tout sentiment d'honneur n'étant pas éteint — il eut honte, et se pendit de désespoir.

Fit-il pas mieux que de finir comme Erminaud Du Châtelet. C'était un lettré aussi, un fouilleur de livres, presque un savant; il allait épouser une jeune fille de Nancy, lorsqu'il fut obligé de venir à Paris régler quelques affaires qui le retinrent dans la capitale plus longtemps qu'il ne l'eût voulu. ⁂

Souvent femme varie,
Bien fol est qui s'y fie!

Du Châtelet, qui n'était pas encore fou, ne s'y fiait pas et hâtait son retour, mais, hélas! la jeune personne était pressée... car il la trouva mariée. Evidemment, c'était une chance! Il ne prit pas ainsi la chose, devint fou et fut enfermé pendant un an à Maréville d'où il sortit à *peu près guéri* et entra au journal *le Siècle*. Il habitait rue Dauphine, n° 4, au dernier étage d'une maison dont le rez-de-chaussée était occupé par un marchand de vin. Jamais il ne parlait de son amour brisé, ni de sa folie passée, mais entre temps, il s'était mis à boire, histoire de s'étourdir, et quelquefois s'épanchait dans le sein d'un ami, de La Bédollière par exemple — et celui-ci racontait sur celui-là de bien singulières histoires d'ivrogne.

Ce Du Châtelet avait pour intime ami un certain Charles Chabot, un soixante-quinzième d'homme de lettres, auteur de deux petits livres insignifiants *Les points sur les I* ou *la Bourse de Paris et Londres*, etc., et c'est en cherchant à les oublier qu'il s'était rencontré avec Du Châtelet — chacun en face d'un verre d'absinthe. Du Châtelet l'éblouissait de son savoir, mais le lendemain, il disait à La Bédollière qu'il avait monté son escalier à quatre pattes.

— Votre Du Châtelet me dégoûte, disais-je à La Bédollière ; mais ce vieux *Labé* ne m'écoutait pas..., il prétendait qu'un jour ou l'autre j'écrirais l'histoire de ces déclassés, et il voulait absolument que je rendisse justice à son malheureux ami. C'est un savant, un bibliophile, un... je vous en prie, faites-le pour moi et pour la vérité, reconnaissez-lui ses qualités et pardonnez-lui ses défauts.

Du Châtelet, que je n'ai jamais voulu voir — et ce n'est pas la faute de La Bédollière prétendant qu'il gagnait à être connu — était devenu en fin de compte, un alcoolique... ; j'ai horreur des ivrognes, et celui qui pousse l'oubli de soi-même à ce point me paraît tellement répugnant, que je me sens pris de pitié pour ce misérable philologue dont je parlais plus haut, à qui je pardonne, parce que si dégradé qu'il fût, il eut un instant de virilité, se rendit justice et se pendit... tandis que Du Châtelet !... Une nuit qu'il était tombé au coin de la rue de la Huchette, le froid le saisit et une congestion cérébrale l'acheva ; quant à son ami Chabot !... trouvant que l'absinthe était un moyen lent et coûteux, il s'asphyxia dans un garni de la rue Saint-Victor.

Qu'ils reposent en paix, et si j'ai parlé de Du Châtelet, ce n'a été qu'en souvenir de mon vieil ami La Bédollière — qui cependant, s'il était là, trouverait encore que je me suis montré un peu dur pour son protégé — savant et bibliophile, disait-il... je n'en suis vraiment pas si sûr que cela.

∴

Mais assez d'ivrognes ! des figures plus sympathiques nous restent, et M. Stanislas Guyard, savant orientaliste, professeur d'arabe au Collège de France, conduit au suicide par suite d'anémie cérébrale causée par l'excès de travail, est d'un autre intérêt... M. Renan a dit sur sa tombe : « La fatigue amena bientôt l'insomnie, l'incapacité de travail. L'incapacité de travail, c'était pour lui la mort. Vivre sans penser, sans chercher, lui parut un supplice »... et M. S. Guyard se tira un coup de pistolet dans la tête; il avait trente-six ans.

En 1859, mourait à La Riboisière un homme sur lequel J. Janin écrivait ces lignes : « J'ai mené l'autre jour au cimetière Montmartre, dans la fosse commune, un de mes amis mort à l'hôpital. Nous étions une demi-douzaine, regardant tristement descendre dans la terre des pauvres le corps d'un des plus profonds penseurs, d'un des plus infatigables travailleurs et l'un des écrivains les plus originaux, les plus vigoureux et les plus éloquents de notre temps. » Cette fois, Janin était dans l'étroite vérité; quand je vous aurai dit son nom, à vous jeune homme de la génération actuelle, vous serez étonné de ne pas le connaître..., de ne pas avoir même entendu prononcer ce nom. Je voudrais me tromper, mais j'ai grand'peur qu'après vous avoir dit : cet homme s'appelait Bordas Dumoulin, vous ne fassiez une piteuse grimace, si je m'en tenais là.

Ne recourez pas aux dictionnaires biographiques, ils sont insuffisants, mais si le roman du jour vous en laisse le temps, lisez le beau livre de M. F. Huet : *Bordas Dumoulin, histoire de sa vie et de ses ouvrages ;* il vous apprendra quel fut ce martyr de la pensée, il vous le montrera portant douloureusement dans son esprit les immenses, les redoutables problèmes qui pèsent sur l'âme du siècle, les scrutant avec une indomptable ardeur et les résolvant aux prix des plus grands sacrifices ; « modèle d'un dévouement absolu à la science, sa vie d'accord avec ses doctrines en confirme l'autorité ».

Ceux qui l'ont conduit à la fosse commune auraient pu lui acheter un terrain, « mais ils ont cru mieux comprendre les sentiments de leur vieil ami en le rendant à la terre des pauvres comme un chrétien de la primitive Église. Il n'était point de ceux dont il a été dit : *acceperunt mercedem suam ;* son lot était ailleurs et quant à ce monde, maintenant que Bordas est mort, qui sait s'il ne va pas devenir immortel ».

Le Dr Piloux, seul, a prononcé quelques paroles sur sa tombe, mais il reste une page émouvante de M. John Lemoine sur la mort de ce grand philosophe.

Bordas Dumoulin habitait une petite mansarde de la rue des Postes où il vivait dans le travail et dans la pauvreté, et la veille du jour où il s'alita, il était descendu dans la rue, se traînant avec peine pour acheter, des derniers sous qui lui restaient, son triste déjeuner. Passant devant l'étalage d'un bouquiniste, il aperçut une brochure traitant de sujets qui l'intéressaient, — en l'achetant, il ne lui restait plus rien... ; il n'eut ni hésitation, ni lutte, il l'acheta et remonta tranquillement dans sa mansarde d'où il ne devait plus sortir que pour aller mourir à l'hôpital.

Plus sympathique aussi la figure, bien qu'étrangère, de M. Frédéric Dübner, un gros Allemand très francisé, qui n'était certes pas un modèle de vertu et de sobriété mais qui vivait tranquillement à Montreuil-sous-Bois entre ses études et sa vieille gouvernante. Quand on l'enterra audit Montreuil en octobre 1867 (remarquez la date), M. Egger de l'Institut de France termina son discours par ces paroles que je crois bon de rapporter ici : « Si l'Allemagne érudite célèbre à son tour les mérites de son compatriote, elle ne pourra du moins reprocher à la France de n'avoir pas apprécié l'homme qui s'était fixé au milieu de nous. »

Et maintenant, terminons par un bibliographe érudit, un bibliophile dont l'épitaphe a quelque chose de si triste et de si poignant dans l'abandonnement absolu, le délaissement résigné qu'elle indique.

Il s'appelait Jean-Baptiste-Augustin Soulié et était bibliothécaire; sa physionomie distinguée et mélancolique l'avait fait surnommer « le beau ténébreux », et l'isolement dans lequel il vivait l'avait amené peu à peu à une tristesse dont on trouve le reflet dans son épitaphe faite par lui et qui donne la clef de sa triste existence :

En naissant, je fus orphelin,
Je vécus seul à mon aurore,
Je vécus seul à mon déclin,
Et seul ici, je suis encore.

Aimer les livres, c'est beaucoup, mais n'aimer que les livres ce n'est vraiment pas assez.

TABLE DES PERSONNES

CITÉES DANS CET OUVRAGE

ÉVREUX, IMPRIMERIE DE CHARLES HÉRISSEY

www.ingramcontent.com/pod-product-compliance
Ingram Content Group UK Ltd.
Pitfield, Milton Keynes, MK11 3LW, UK
UKHW021106290826
14628UKWH00014B/856